やが 君に 佐伯 につ (2)

Bloom Into You: Regarding Saeki Sayaka

著／入間人間
原作・イラスト／仲谷鳰

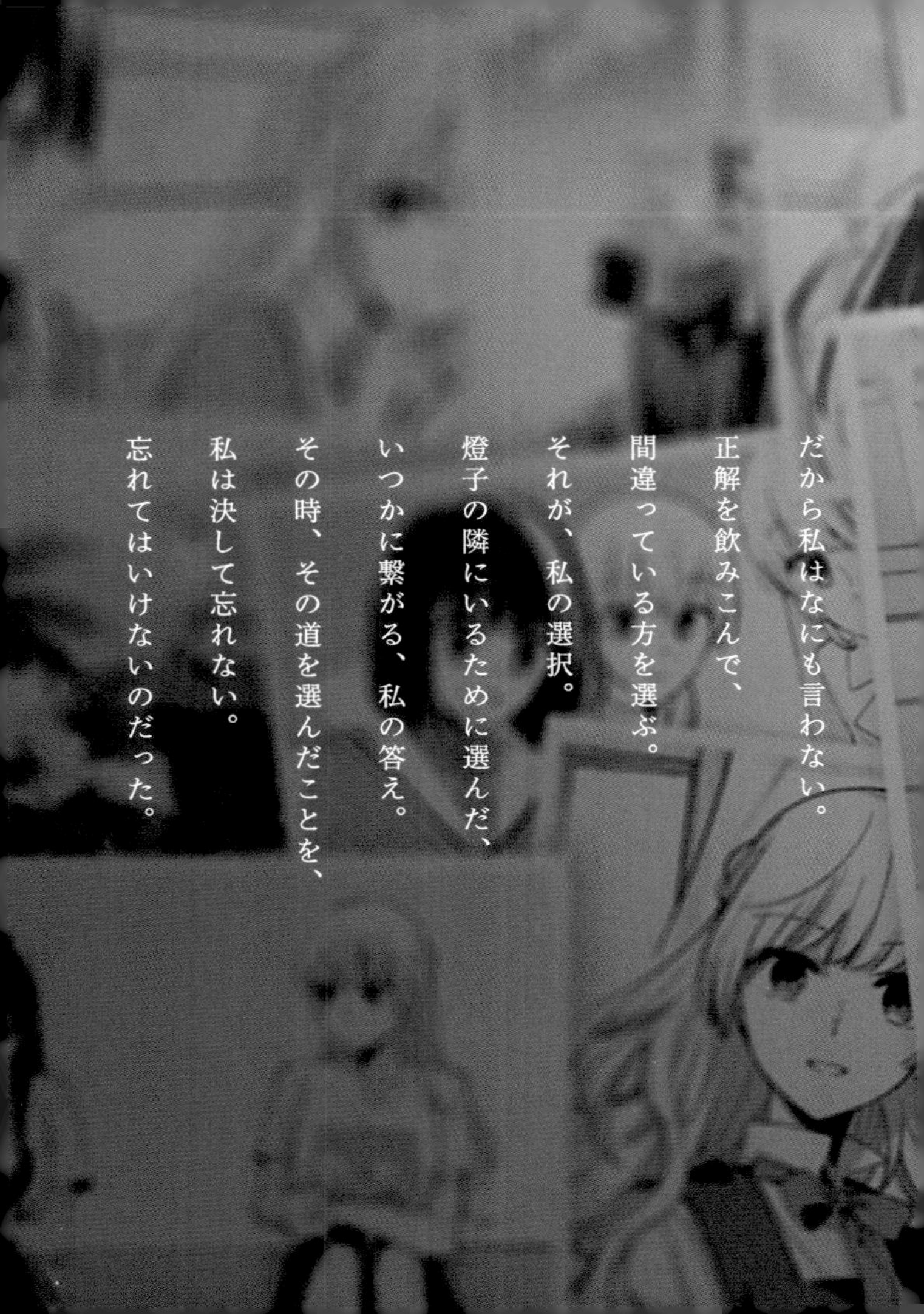

だから私はなにも言わない。
正解を飲みこんで、
間違っている方を選ぶ。
それが、私の選択。
燈子の隣にいるために選んだ、
いつかに繋がる、私の答え。
その時、その道を選んだことを、
私は決して忘れない。
忘れてはいけないのだった。

Table of contents

Bloom Into You:
Regarding Saeki Sayaka(2)

Presented by
Iruma Hitoma & Nakatani Nio

Graphic Design = BALCOLONY.

やがて君になる 佐伯沙弥香について

(2)

Bloom Into You: Regarding Saeki Sayaka

著／入間人間
原作・イラスト／仲谷 鳰

恋と、小糸

Bloom Into You:
Regarding Saeki Sayaka

傲慢なことを言うなら、今、七海《ななみ》燈子《とうこ》の隣にいるのは私だった。

古風な作りの生徒会室は、元は書道室だったと聞いた。作業を一区切りつけて顔を上げると、年期を経た木の香りが鼻に入ってくる。その匂いの出所を確かめようと顔を振ると、今度は紅茶の香りがやってくる。同じく作業していた黒髪の先輩が、カップ片手に右に左にと動いている。カップから立ち上がる湯気が室内に差し込む光と合わさって、薄い雲のように広がる。

その先輩が今気づいたような仕草を挟んで、私を一瞥《いちべつ》する。

「燈子は？」

燈子の予定を私に確認してくるのが、内心、少し嬉《うれ》しい。

「ああ今日はちょっと……」

言葉を曖昧にしてごまかす。丁度、今頃だろうかと窓に目を向けた。生徒会室を彩るように、或《あ》いは囲うように恵まれた自然が、陽光を着飾っている。森にも見えるようなその景色の奥で、燈子は今、同級生の男子からの告白を受けている。建物と木々の影に包まれたその場所は人の通りなど滅多になくて都合がいいのか、そうした状況の待ち合わせに指定されることが多い。

燈子は一体、何人の告白をそこで断ってきたのだろう。

十人までは数えているのだけど。

今回は燈子から相談を受けていない。でも噂話《うわさばなし》は簡単に耳に入ってくるものだ。……単に私が、七海燈子に関することを少しでも知ろうと意識しているせいかもしれないけれど。

燈子が告白を受けるはずがない、と分かってはいてもやはり少し落ち着かないものがある。燈子の後ろ姿を思い浮かべたとき、その隣にいるのは私だった。それは想像の中でしか保たれないわけではなく、実際にもそうであるという自負がある。

それが取って代わられる様は、あまり考えたくない。

燈子と知り合ってから一年が経《た》って、彼女の人となりと事情はそれなりに理解しているつもりだ。少なくとも他の同級生や、生徒会の人たちよりはずっと。燈子が素晴らしいなんて誰にでも分かる。その燈子の抱える弱さまで踏み込んで、僅かでも共有しているのは、校内では私だけではないかと思う。まぁ、弱みなんて多数の人に知られたくないのは当然だった。

燈子の場合は事情もあって、余計に。

……七海燈子と出会ってから一年。ますます、好きになるばかりだった。

それは私だけじゃなく、周りもきっとそうなる。それくらいに燈子という人間は魅力的だ。内面、そして何より外見が。燈子と親しくない同級生まで惹《ひ》かれるのだから、きっと、その容姿に対する評価は万人に通じる本物だ。一目で心奪われた私は、決して少数派じゃない。

そうである以上、定期的と言っていい頻度で燈子が告白されるのはごく自然の成り行きで。

だとしても穏やかではいられなくて。

だから大して時間を空けないで燈子が生徒会室にやってきたことで、密《ひそ》かに安堵《あんど》した。

でもそこに、いつもと違うものもあった。

燈子は一人じゃなかった。

二人分に開け放たれた入り口から、影と光が伸びる。

生徒会室の顔ぶれを思い出しても、会長以外は全員いる。そしてその人影は明らかに燈子よりも小柄で、肩周りが初々しく、下級生であることを示していた。

燈子の隣に立つその女生徒の顔は眩《まばゆ》い光に覆われて、すぐには見えてこなかった。


小学生の時に出会ったあの子を忘れてはいない。

中学生の時に出会った先輩を忘れることはできない。

高校生になって出会った七海燈子のことは生涯忘れないだろうという確信がある。

そして、もう一人。

小糸《こいと》侑《ゆう》という一年生は、高校の中で一番明確に意識した後輩だと思う。

身長はやや小柄で、本人も気にしているところがあるみたいだ。明るい髪の色とおさげが目を引くその子は、担任に押しつけられる形で生徒会にやってきたと言った。そうした受け身の姿勢でありながら生徒会での活動には協力的なので、良い後輩ができたと考えていた。

燈子も気に入っているみたいで、そこは少し引っかかったけれど。

そんな彼女に単なる後輩以外の関心を抱いたのは、二人きりでの会話からだった。

「小糸さん」

生徒会室へ向かう途中、その背中を見つけて声をかける。小糸さんは声にすぐ反応して振り返り、挨拶してきた。それから隣に並ぶと、確かめるように後ろを大きく振り返る。釣られて軽く振り向くけれど、歩いてきた道と少し遠くの校舎しか見えない。

「七海先輩は？」

「いつも一緒じゃないわよ」

なんて言いながら、少し笑ってしまう。

「燈子は後で来るわ」

「そうですか」

小糸さんの肩が下りて、少し安堵《あんど》したように見えた。燈子のことが苦手なのだろうか。或《ある》いは気後れしているのか。私も高校生になってすぐの頃は、上級生と会話するときにそうした抵抗もあった。ましてや相手は燈子で、向き合うと緊張するのもやむないことかもしれない。

職員室から借りてきた鍵で生徒会室の扉を開くと、小糸さんが呟《つぶや》く。

「そっか、普通は鍵かかってるんだ」

今まで一番に来たことがなかったから、鍵の有無に関心を配らなかったみたいだ。まぁ、まだあくまで手伝いで役員でもないから、鍵を預かるのも変な話かもしれない。

私を見上げて、小糸さんが控えめに笑う。

「先輩が来てくれて助かりました」

「どういたしまして」

後輩と話していると、中学の合唱部を思い出す。

部長としての役割は果たせていたとは思うけど、同時に向いていないとも実感していた。集団を纏《まと》める立場に求められるものを、私は持っていない。それは漠然としているけれど、その人の力になりたいと思わせるものだったり、その人についていくことの喜びだったり……私が燈子に惹《ひ》かれる理由の一端がそこにあると思っていた。

着いてからすぐに書類の整理を始める。目立った行事がない時期なので今はそこまで忙しくないけれど、来月からはそうも言っていられない。燈子もそのあたりは意識しているだろう。

「すみません、聞く前に淹《い》れちゃいましたけどよかったですか？」

少し経《た》ってから小糸さんが私の分までコーヒーを用意して、差し出してくれる。

「ありがとう」

受け取ると、小糸さんが机を挟んで私の向かい側に座る。流されやすいと自虐していたけれど、流されて辿《たど》り着《つ》いたここに居心地の良さは感じているみたいだった。窓から見える自然色の多い景色を含めて、学校の枠組みから離れているのが落ち着かせるのかもしれない。

湯気の立ちこめるコーヒーを一口、慎重に含む。熱さに舌の先が少し驚く。でもゆっくり飲み進めていくと、熱は暖かさに変わる。喉を通る液体の温度差に、春爛漫《はるらんまん》の季節でも、身体《からだ》の内側に訪れる暖かさというものは心を落ち着かせた。

一年生の頃は私が先輩の分のお茶も淹《い》れていて、少し懐かしい。

そんな風に、真っ黒い液体の表面に思い出を浮かべて揺らしていると。

「七海先輩って会長じゃない、ですよね？」

「え？」

小糸さんが急にそんな話をするものだから、つい顔を上げる。小糸さんは目が合うと、少し慌てたように質問の意図を語った。

「いえ、本当の会長の方をまったく見かけないから」

「ああ……そうね」

久瀬《くぜ》会長の軽薄な笑顔と笑い声を思い浮かべる。確かにあちらよりはよほど会長じみている。

「部活を掛け持ちして忙しいそうよ」

「それで会長になれたんですか？」

「去年は他の立候補者が頼りなかったから」

それと、支えている回りの人間が働き者だったのもある。選挙時に久瀬会長の手伝いとしてついて回った七海燈子の存在は、周囲に大きい印象を残しただろう。

「あの人も来月で任期満了だから、今年も選挙が始まるわね」

「ははぁ」

気のない反応だった。一年生は入学して一ヶ月も経《た》っていないし、興味を出す方が難しいかもしれない。私も去年は誰が会長でもいいと思っていた。でも、今年は違う。

そうした私の意識が漏れていたように、小糸さんがその名前を口にする。

「七海先輩は立候補するんですか？」

「ええ」

あの子が自分の夢を叶《かな》えるために、避けては通れない。

そしてそれを燈子が望むなら、私は寄り添おう。

「佐伯《さえき》先輩も？」

「私は燈子のお手伝い」

燈子の前へ行くのではなく、その隣に立っていたい。それが私の願いだ。

「小糸さんにも手伝って貰《もら》うことになると思うけど」

生徒会の業務かというと、微妙だけど。

「あ、はい。先生から聞いてます」

「生徒会の役員になるか決めた？」

見学と手伝いに来ている下級生、槙《まき》君はそのまま役員になりたいと話していた。それに久瀬会長が後輩を紹介すると得意げに話していたけれど、あの人の紹介という時点であまり信用していない。類は友を呼ぶとも言うし。

「えーと……そうなっちゃうのかなって空気は感じています」

小糸さんがやや主体性のない物言いをする。自分でなにかを決めるのは苦手なのかもしれない。もっとも、それが得意だっていう人は珍しいものだと思うけれど。

私も、そこまで自分の在り方を決めてこられた自信はない。

そして燈子を見ていると、決めたから必ず正解というわけではないようにも思う。

「あの」

「どうかした？」

小糸さんが話しかけてきて、でも続きには少し間があった。窓際を一瞥《いちべつ》した後、コーヒーに濡《ぬ》れた唇を拭うような仕草を取る。なんだろうと待っていると、ようやくまた口を開く。

「七海先輩って、どんな人ですか？」

流れとして、やや違和感ある問いだったように感じる。今、改めて聞かれるようなことだろうか。

「見たままよ」

さし当たりのないことを言うけれど、嘘《うそ》ではない。燈子は聡明《そうめい》で、器量よく、正に才色兼備で、そして、臆病で。

隠しているその微《かす》かな機微も、意識してみれば見えてくるものはあった。

「小糸さんにはどう見えるの？」

少し意地悪に質問し返す。尋ね返された小糸さんは難しそうに眉間に皺《しわ》を作り、コーヒーカップに目を下ろす。

「かっこよくて、仕事ができて、美人で、優しい」

「その通りね」

燈子の表面をそのままなぞっている。最後の優しいだけ、そうかな、と少し思ったけれど。

人当たりがいいのとはまた別で、今の燈子に、周りに優しくする余裕はなさそうだった。

「どんな人か詳しく知りたかったら、本人に聞いてみたら？」

もちろん、そんなことは無意味だと分かっていた。あの子が自分から、その本質を晒《さら》すはずもない。私にだって見せたくないのだろう。私はそこに微《かす》かな悔しさを覚える。

「うーん……」

小糸さんが目を瞑《つぶ》って唸《うな》る。なにを考えているのか、或《あ》るいは思い返してでもいるのか。

どう考えたとしても、燈子からは無難な答えしか返ってこないだろう。

燈子が自分をさらけ出すとしたら、きっと関心のない人になる。

燈子に対して好意も、幻滅も抱かないのに側にいる人。

そんな感情の起伏のない相手が、どこにいるのだろう。

「自分のことって、自分では分からないこと多いですよね」

小糸さんは苦笑を浮かべるようにしながら、そんな独り言めいたものを発するのだった。

その独り言が生徒会室の空気に溶け込んで静まりかえる中、私は無言で思索する。

自分に分からないことはあるだろうかと。

佐伯沙弥香《さやか》という人間の不明瞭なもの。動機、夢、これまで。どれもはっきりと整理がついている。昔のように恋とはなにかを悩むこともなくなっているし、どんな自分でありたいかも見えている。そうやって、自分という人間を振り返っているとつい笑いそうになる。

私は、自分のことで分からないことがないのだ。

気づくと存外、単純な人間になっていた。興味のあるものだけ残して、他は片づけて。

大半が燈子への想《おも》いで占められている今だからこそかもしれない。

これがいつか、燈子に想《おも》いを伝えたら、その先の私はまったく未知数になる。

そう、いつか。

そのいつかはこうして高校二度目の春を迎えても、まだ芽吹かない。

コーヒーが半分ほど減る。

なかなか誰も来ないためか、小糸さんがまた話しかけてくる。

「七海先輩は用事ですか?」

「と言っていたけど、また告白でもされているのかも」

冗談めかしてそう返す。でもその線もあり得た。生徒会室までの道のりを少し逸《そ》れると程良く人影から離れることができて、そこは告白の舞台としてよく選ばれる。燈子はその舞台に立つことが多い花形だ。演じる役はいつだって、高嶺《たかね》の花なのだけど。

「佐伯先輩は告白ってされたことあります？」

小糸さんが少し身を乗り出すようにして、好奇心を着飾りながら聞いてくる。

告白と聞いて小さく、頭の奥で痛みが走る。

今となってはあれを告白とは思えなかった。

「ないことも、ないわね」

高校に入学してからも燈子ほどではないけれど、一度か二度はされた経験が増えた。

もちろん、その場で断りを入れた。

普段から付き合いのあるような相手ではなかったので、名前も顔も今では朧気《おぼろげ》だ。

「ああやっぱり」

「やっぱりって？」

「七海先輩もだけど、佐伯先輩もかっこよくて、仕事ができて、美人で」

小糸さんは最初こそ小気味よかったけれど、本人の前で言うのが段々と恥ずかしくなってきたのか調子が萎《しぼ》む。目を逸《そ》らして曖昧に笑ってごまかそうとしている。

「優しいは言ってくれないの？」

先程を踏まえて意地悪をぶつける。小糸さんは目を逸《そ》らしたままだ。

「すみません」

「冗談よ」

別に優しくないし。そんなこと言われたら、見る目がないのねと返すところだった。

小糸さんがコーヒーカップに口をつけて一息《ひといき》吐く。それから、目をこちらに動かす。

「……告白ってされたとき、どんな気持ちになりました？」

まだ話が続くのか、と思った。意外と恋愛事に関心あるのだろうか。

そう思って、意外もなにもあるものかと思い直す。小糸さんのことをそこまで知ってはいない。まだ意外も普通も見定められていない後輩だ。

「困ったわ」

「困った？」

「どう断ったら相手を極力傷つけないで済むかって」

自らの経験が自然と、そうした態度を私に取らせていた。

小糸さんが小さく笑う。

「優しいですね、先輩」

「尊重しているだけよ」

誰かを好きだという気持ちを。それは今の私を常に動かすものとなっているから。そしてその気持ちを抱えていればどんな不安や、どんな苦しさがあるのかを知っている。

だから無下《むげ》にはできない。受け入れないとしても、その気持ちにヒビが入らないように返したい。

「先輩は、好きな人がいるんですか?」

「秘密」

いると言ったも同然ながら、明言はしないに留《とど》める。

「あなたはいるの？　好きな人」

私みたいにごまかすだろうと思いながら聞いてみると、小糸さんは唇を固く結ぶ。

不満げに尖《とが》ってから、その唇が開く。

「いません」

彼女は迷いなく、乾いた声でそう答えた。

「そう」

いないと答えたときに浮かべた表情を、本人は自覚しているのだろうか。

知らない土地に一人放り出されて、なにかに縋《すが》るようなその瞳はなんだろう。

好きな人がいないことに不満を持つ、というのは新鮮な感想だった。

そういうこともあって、その時は面白い後輩だな、と思うくらいだった。

それが大きく変わるのに、時間はかからなかった。

燈子が彼女を選んだその日から。

翌月の生徒会選挙の話だ。

「推薦責任者って言って、私と一緒に選挙活動してくれる人が必要なの」

その日、久瀬会長が生徒会長としての役割を終えて、引き継ぎがあった。

その中で次の生徒会選挙の話があり、丁度、私が選挙活動についての話を振ろうとしていたときだった。

「それを小糸さんに頼めないかな」

燈子の声は軽く、後ろ暗いものは一切なく。

どこか色艶さえ感じさせるものだった。

多分、言われた小糸さんよりも私の方が驚きは勝っていたと思う。

急に燈子が、知らない言語を慣れ親しんだように口にしたような……そんな不意の突かれ方だった。燈子は私を見ていない。真《ま》っ直《す》ぐに、小糸さんだけを見つめている。

燈子の隣に今立っているのは、私ではなかった。

側に立っていた槙君や、元会長の声も耳に入らなくなっていた。

私は昔から、予想外の出来事への対応に弱い。

そこを乗り越えたら、理解は早い方だと思っている。

でも聡《さと》いということは、それだけ現実を知らないといけないわけでもある。

人は、良くも悪くも環境に慣れる。私も燈子の側にいて甘んじていたのかもしれない。

燈子に選ばれるためのなにかが私に欠けていたのか？

私はなにかを怠ったのか？

……或《ある》いは。

なにかが変わったのは燈子なのか。

燈子を誰より見てきたという自負はある。だからそんな変化があれば見逃すことはないと心が訴えている。すぐに気づけなかったとしても、時間さえあれば見極められただろう。

それができなかったとしたら、きっと、すぐなのだ。

つい最近、ほんの少し前。そこに燈子の変わったなにかがあるとしたら。

定めづらい視線で、少し距離のある燈子と、そして小糸さんを見る。

小糸さんは返事もできないまま、測りかねるように燈子を見つめていた。


「小糸さんの実家だったの」

放課後、寄り道した先の書店で意外な顔が出迎えたことがある。

正式に生徒会の役員となった後輩が、カウンターに座っていた。

「制服のまま大変ね」

「帰った途端に店番代われって押しつけられて」

小糸さんが苦笑する。それから「どうぞごゆっくり」と店員ぶった。

カウンターの前から離れて新書のコーナーを巡りながら、時々、小糸さんを見る。小糸さんは生徒会室にいるときと同じように、大人しく座っている。じっと座っていると、まだ幼さを多分に残す印象だった。誰かを支えるのは苦になりそうな……未熟さがあるように見えた。

それは嫉視、というやつだろうか。

生徒会選挙はつつがなく終わって、燈子は会長に、私が副会長に収まった。私も協力はしたけれど実際、小糸さんはよく働いたと思う。応援演説もなかなかのものだった。

「……………」

恐らく、私が推薦責任者になっても結果は同じだっただろう。

でも燈子は、小糸さんを選んだ。

もちろん、それは燈子の自由だ。私の期待通りになってくれるなんて、おこがましい。

そう理解はしていても、納得できないものはある。

燈子は私に、小糸さんを選んだ理由を色々と語ってくれた。どれももっともらしく聞こえたし、よく考えてあるように聞こえた。そう聞こえるように、言葉を選んでいるからだ。

燈子がそこまで気を遣うということは、隠したい本心があるということだった。

私ではなく小糸さんを選ぶ本当の理由。

まさかね、とは思う。

ただ随分と気に入っている理由が、小糸さんを観察していても摑《つか》めない。

燈子の目に、彼女はどんな風に映っているのか。

かわいい後輩を歓迎しているだけなら、いいのだけど。

それにしても、と小さな書店内を見回す。

人の縁というのは、思いがけないものだ。

小糸さんの方は覚えていないだろうけど、私は忘れていない。林《はやし》鍊磨《れんま》の著書を買うために、この本屋を訪れた日をよく覚えていた。あの時に見かけた中学生が、小糸さんだったのだ。

あの頃からあまり大きくなっていない？　と内心で少し失礼な比較をする。

私の方は背が伸びて、でも内心はあまり変わっていない気がする。

誰かに恋して、浮かれたり、ざわついたり……そんなのばかりだ。

手に取る本が変わったくらいだろうか。人に合わせるのではなく、自分の求める本を選ぶ。

……いや。あの時は確かに、先輩に合わせることが私の求めることでもあったのだ。

その時々の気持ちだけは本物だった。先輩の方はどうだったか怪しいものだけど。

「お願いできる？」

レジに本を差し出すと、ぼぅっとしていた小糸さんが姿勢を正す。

「ありがとうございます」

小糸さんが受け取った本の表紙を、物珍しそうに眺める。

「評論ですか」

「フィクションはそれほどね」

以前に吐《つ》いた嘘《うそ》を思い出す。あの嘘《うそ》は、誰かを幸せにできただろうか？

「本屋の子はどんな本を読むの？」

「えぇと、ミステリーとかSFは好きですね」

ミステリーね、と自室の本棚の端を連想する。

「燈子もたまに来るでしょう？」

「え」

振られた話が意外だったのか、小糸さんが一瞬固まる。

「はい、時々」

小糸さんは答えながら作業を続ける。その動きに空白めいたものを感じる。

声に意思が伴っていないというか……気づかれないよう隠しているというか。

「燈子はどんな本が好きなの？」

探りを入れるように質問してしまう。小糸さんはどこまでその意図を察しているだろう。

「そうですね参考書に……あと、流行《はや》りものの文庫を手に取ることが多いですね」

「ふぅん……」

聞く前から知っていることだった。それでもつい、小糸さんにこんな話題を振ってしまう。小糸さんと二人きりだと、お互いよりも燈子の話をすることが多い。私と小糸さんに共通するものが燈子にあるからだろうか。そうかもしれないと、それはないが今のところは半々だ。

本の代金を支払い、紙袋を受け取る。鞄《かばん》にしまってから、小糸さんに背を向ける。

「また明日」

「はい……」

お互いに表面的な挨拶を交わして別れる。

入り口に向かう途中、広くはない店内に詰め込まれた紙の、乾いた匂いを胸に吸い込んだ。

書店を出て、沈み始めた日に出迎えられる。傾いた光は柔らかい。町の屋根と共に染められながら、ああ、って遅れて自己嫌悪が滲《にじ》む。後輩になにをやっているんだろう、私。

意地の悪い先輩になっていた自分を隠すように、足早に進む。

黄昏《たそがれ》に背を押されて、一層気が急《せ》くのはなぜだろう。

家へ帰り、部屋に戻ってから買った本を取り出す。包みを取って、手に持ったまま本棚に向かう。

本棚の隅に残る、私の趣味じゃない小説。背表紙に指をかけて、取り出しかけて、やっぱり手を引っ込める。棚に収めてから読み返すこともしていない。フィクションは、趣味じゃない。

そんな私が演劇に協力するというあたり、本当に中学生の時と変わらないのかもしれない。

好きな人のために、身を粉にする。文字通り研磨して、自分を消して。

だけど他に、相手に、燈子のためにできることが思いつかない。

「……それは、嘘《うそ》ね」

できることはある。ただ、望んでやらないだけだ。

ベッドの端に座り込んで、まだ着替えていない制服を見下ろす。

燈子もそうだけど、私も最近は落ち着かない。ふと気づくと一人きりでどことも知れない場所に立っているような気分になって、焦ってしまう。

小糸侑。あの子にはなにかがある。

それは燈子にとって大きなものである予感がするし、私にとっても、足もとを揺るがす要因となりかねない……そんな大げさめいたものをふつふつと感じていた。

燈子に自覚があるかは分からないけれど、傍《はた》から、誰よりも見ていると分かる。

七海燈子には変化の兆しがある。

それはまだとても小さく、密《ひそ》やかなものだけど。

一度起きた変化の波は、次第に、加速するように大きくなっていく。

変化が必ず良《い》い結果を生むとは限らないけれど、私と出会ってからの一年でなにも変わらなかった燈子が、変わろうとしている。

「…………………………………………」


変えたのは多分、小糸さんの存在だ。

燈子は小糸さんになにを見ているのだろう。

あって欲しくない想像が次々に頭をよぎる。燈子に限って、という思いがありながらそれを示すかのように変化していく状況に、私は、どういう態度で臨めばいいのか。

燈子があのままでいいとは思わない。

だけどこだわりを失った燈子の隣に、私がいられるか分からないのが怖い。

燈子がいつか変わることを願いながら、そのいつかを迎える勇気がなくてただ側にいることを選んだ。それが、私にできるせいいっぱいだった。

理解が早いということは、臆病になるということ。

いつか祖母が言っていたことを反芻《はんすう》しながら、掲げた手のひらをめいっぱい広げる。

私は、自分という人間について知らないことがほとんどない。

限界さえ、見渡せばすぐに見つけることができた。


それから、夏が近づいてきた頃、ある日唐突に燈子は彼女を名前で呼んだ。

生徒会の普段通りの作業の中で、それは気負いなく訪れた。

「侑」と、燈子の短い声が耳を刺し貫くように入り込む。

それに応える小糸さんも動揺などなく、仕事の手を休めない。

背中に汗が噴き出る。

一年生の頃、燈子を名前で呼ぶことに勇気を出したことを思い出す。

あの時に胸に湧いた、金色を視覚するような喜びとは無縁のように、二人の間にはなんてことなく言葉が行き来する。いつの間に、とどういうこと、が交互に足踏みする。

「そろそろもっとフレンドリーでもいいかと思ってね?」

役員の堂島《どうじま》君に指摘されて、燈子がそう答える。

愛果《まなか》だって、みどりだって燈子と下の名前で呼び合っている。

だから本当に、なんてことない。

なのかもしれないけど。

「……じゃあ私も、小糸さんのこと名前で呼ぼうかな」

意地を張るように提案してみる。

燈子が名前で呼ぶことに特別なものはないんだって。

燈子は隣でどんな顔をしているだろう。見るのが怖くて、視界が狭くなる。

「はい、どうぞ……」

いきなりだったからか、小糸さんがきょとんとしている。

その反応と向き合っていると焦燥が静まり、思《おも》い止《とど》まる。

そういうことじゃ、ないだろう。

撤回して、平静に努めようとゆっくり息を吸う。そうしてから、深く、潜行する。

自分の中に分からないものはないけれど、周りに、分からないものが増えていく。

最初はただの働き者に見えていた後輩が、沼のような謎を秘める存在となって。

その時はそこから色々あって、今はまだこのままでいいと思った。

でも同時に、その今は、多分、長くは保たない。

そんな気配も感じ取っていた。


それはいつの話だったのか、思い出そうとすると漫然としていた。

もしかすると本当に交わした言葉はなく、或いは夢の彼方での出来事だったのかもしれない。

取りあえず、そこには私と小糸さんがいた。

場所は、生徒会室。学校での思い出と考えれば、必ず行き着く場所。二人きりだった。私はいつものように座りながら雑務をこなしていると、小糸さんがお茶を用意してくれた。

「ありがとう」

礼を言って受け取る。すぐに口はつけないで、熱を支えるように持っていると、向かい側に小糸さんが座った。小糸さんの方はすぐに、お茶を一口飲んで軽く息を吐く。

「後輩は大変ね」

「先輩だって去年は後輩だったんでしょう？」

何年も先輩をやっているような調子で言ってしまった私を、小糸さんが笑う。それもそうだ。むしろ、高校に入学してからはまだ後輩である時間の方が長いはずなのに、どうも実感が薄れていた。一年生の頃以上に、二年生としての時間が充実していたからかもしれない。

充実というのは、豊かで、満ちていることで。でもそれは前向きなものばかりではなく。後ろ暗い感情も、なにかを失ったという喪失感さえも豊かさの一部だった。

小糸さんと出会って与えられたものは、決して明るいものばかりではなかった。

そんな後輩が少し俯き、影を背負っていることに気づく。

「どうかしたの？」

この子も以前の燈子のように……それは当たり前の心の働きなのかもしれないけれど、自分の弱さというものを隠そうとする。弱いと感じる部分をさらけ出そうとしない。

だから私が聞いても、小糸さんは微笑《ほほえ》むようにして「いえ、別に」と口を閉ざす。

今までの私なら、そう、とでも流して必要以上に語ろうとはしなかったかもしれない。でもこの時は、どの時か分からないのだけれど目の前の出来事から逃げるわけにはいかないように思っていた。燈子も、小糸さんもとっくに動き出していて、いつの間にか空いていた距離を少しでも埋めようと思っていたのかもしれない。

それになにより、今の私は、先輩なのだから。

「燈子のこと?」

小糸さんが思い悩むことへの心当たりなんて、それくらいだった。

それに。

小糸さんが燈子をどういう風に捉えているのか、朧気ながら見えるようだったから。

同じ思いを持っている相手だからだろうか。

人混みの中でもしも自分の背中を見かけるようなことがあれば、きっとすぐに見分けがつくだろう。人は自分のことが見えていないようで、実はとても気にかけている。

他人の姿を見るとき、自分を基準にして、比較している。

だから、自分の姿をとても見慣れているのだった。

小糸さんは答えない。ただ沈むように暗い唇の先を見つめながら、私は言う。

「人を好きになったはいいけれど、その距離が問題なのよね」

やや唐突に、漠然と。そんなことを口にする。

「距離?」

小糸さんの言葉に頷く。

「距離が空いているから、とても魅力的に見えることもあるの」

その距離感で、その角度で見るから私好み……なんていうこともある。

「それを、相手と距離を詰めようとして、前に出て……そうすると、今まで見えていなかった角度から相手を見ることになる。背景も変わるし、隠れていたものも見えてくるし。好きだって感じたものがまるで別の形に見えてくるかもしれない」

以前は燈子にもそんな疑いのような思いを抱いたことがある。でも、それは杞憂だった。

私にとって燈子は、どの角度から見ても綺麗なものだった。

そんなことを確認するように心の中で呟いて、少しだけ満ち足りる。

胸に生まれた美しさは、どんなことがあっても損なわれない。

「でもね、そうして距離が変わっていって……最初がなくなっているのは相手も、向こうも同じなんだってようやく気づいた」

相手だって、位置が変わればこちらを見る目も変わる。

だから相手もこちらに好意を抱いたり、興味を失ったり……変わっていく。

私は自分のことで手いっぱいで、そこのところを意識できなかった。

「色々あって、思うの。相手も変わって、こちらも変わる。それだけのことだし、それでいいんじゃないかって」

その変化が噛み合わなくて、別れてしまったこともある。

また同じことがいつか起きるかもしれない。

だからって、変わらないわけにもいかないのだから、自分を含めて全体を見渡す。見据えた上で、動いていく。

やっと分かったのは、そんな単純なこと。

でもそうやって受け入れることが、私は少し遅かったように思う。

変わることを拒否して、彼女の足踏みに付き合い続けて。

そうしていたら、横を通り抜けていった女の子を追いかけて彼女は歩き出してしまった。

望みが一致することは滅多にない。

私は彼女の隣を望んだけれど、彼女は、私の隣を求めなかった。

足踏みを終えて顔を上げた頃には、彼女たちはとても遠くにいた。

追いつくことも難しいくらい。それこそ、星を見上げるくらいに。

でもそれは、仕方のないことだった。

良いも悪いもなく、自分で選んできたのだから。

誰が後悔を肩代わりしてくれるわけでもない。

後悔があるのなら私が自分の生き方を悲しんで、受け入れて、前を向くしかなかった。

どうにもならないなら、遠くを、ぼんやりと見る。

まだ綺麗なものがそこに見える限り。

「よかったら一緒に、変わってあげて」

燈子がそれを望むなら。

言葉は全てを語らず、遠回りで。どこまで明確に伝わったかは定かじゃない。

でも全部を声に出してしまったら、きっと酷く味気ないものになる。

そういうものを、私たちは共有している。

心は声や文字だけでなく、全身で感受するべきだった。

「はい」

後輩は、まだ沈むような声と態度でありながらも、小さく確かに頷く。

その姿を直視していられなくて、つい、道化になる。

「うーん……」

「なんですか？」

「小糸さんってこんなに素直な後輩だったかなと思って」

「なんですか失敬な……」

小糸さんが湯飲みを中途半端に持ち上げながら、見上げるように私を窺う。

「佐伯先輩には、素直に受け答えしていると思いますよ」

「そうね」

燈子と接するときより、何倍もそう、いい加減で。

その理由は簡単だった。

「私の方はある程度、どうでもいいからね」

よりよく自分を見せる必要がないから、言葉や態度がざっくりとしたものになる。

はっきり言ってしまった私に、小糸さんは呆れたように目を細める。

「まぁ、噛み砕くとそうなっちゃうというか……」

小糸さんも言葉を飾るのを諦めたらしく、やや弱い言葉尻ながら認める。

「佐伯先輩って言葉を選びませんよね……」

「あなたにはね」

家人、習い事の先生、そして燈子。それぞれに着飾る相手はたくさんいる。

でも小糸さんを相手にしていると、そういう面倒くさくもある過程を省いてしまう。

彼女にはそうした、鏡のような側面があるのかもしれない。

小糸さんを多くの人が慕う理由の一端を、言葉にしづらいけれど肌と空気で感じる。

「そういう相手も大事よ。毎回、身構えていたら疲れるもの」

「……ですね」

後輩が破顔する。笑うとまだ少し幼くて、自然な可愛《かわい》らしさが宿る。

小糸さんもそうした相手として、私を認めたようだった。

そうすると、今までが別段、感じていなかったわけではないのだけれど。

友達ができたって、実感したように思う。

「……………………」

これからか、これまでか。どちらだっただろうと、湯飲みの中の小さな水面は波打ちいつまでも答えは見えてこない。

或いは、どちらかの時に。

どこかの時から感じ始めた予感はいつしか形を纏い、現実のものとなる。

燈子は段々と変わっていった。

彼女が実現を願っていた生徒会での演劇の準備を通して、普段から演じていたものを見つめ直したようだった。

小糸さんが願ったように、変化を果たしたのだ。

私の与り知らないところで、小糸さんとどんなことがあったのかは分からない。

でも燈子は確実に弱くなった。……語弊がありそうだけど、そう思う。

弱さを人に隠さなくなった。乖離していた心の在り方が一つになったように。

その代わりに、なにかを失ったように俯く時間が増えた。

燈子がなにをなくしたのかは、察するものがあった。

燈子と、小糸さん。

分かってはいたけれど、最後までなにも動かないまま終わりたくはない。

彼女はいつかこう言った、私がいると理想の自分に近づける気がすると。

隣に立つように、或いは背を追ってくるようにする佐伯沙弥香がいると、がんばろうって気になれると。

私はその言葉が嬉しかった。それがある限り、今のままでいいって。

でも。

その燈子の理想が変わっていったのなら、私は。

冷め始めていたお茶を口に含むと、少し古い窓が揺れる。

どこからか、冷たい風が入ってきて。服の上から、肘を撫でた。

そうしてああ、季節と時間のどちらが傾いているのだろうと、窓の向こうを確かめようとしたところで、景色と記憶は光の海に溺れるように沈んでいくのだった。


そして。

秋口の修学旅行の最中、私が待ち続けた『いつか』が訪れる。

『いつか』と向き合う。目線の先には、燈子がいた。

正面から私を見て、どこか辛《つら》そうに目を伏せかけている。

「燈子」

「だめだよ、沙弥香」

燈子の弱い否定の声。彼女は言う、あなたの期待するような人間じゃないと。
そんなことはずっと前から分かっていた。
でも今の燈子は私が期待なんてする必要もなく、立派に、美しかった。
ここまでは、小糸さんのもたらした変化に導かれた。
だけどここからは、私が動く。
本当の燈子に、今、踏み込む。
「私、あなたのことが好き」

高校生になって、今度こそ失敗しないようにと決めていた。
どうして失敗したかを知っているなら、次はもうそんなことにならないと思っていた。
人を好きになるということを、全部分かった気になっていた。
私が本当にそれを知ったのは、『彼女』と出会ってからだった。

平行線

Bloom Into You:
Regarding Saeki Sayaka

失敗しない人間なんていない、というのは本当なのだろうか。

七海燈子を近くで見ていると失敗が見当たらない。取り分け外見については、なんでここまで、という思いが渦巻くほどに整っている。私の理想なのかもしれない。だから気を抜くとつい、こうやっていつまでも眺めようとしてしまう。

視線を悟られる前に、俯《うつむ》いて机に向き合う。

授業中に、なにをやっているのだろう。

高校の入学式から翌日、早速、私は舞い上がっていた。春の陽気が心にまで届いているのが分かる。暖かく、香り良い。そんな錯覚を起こすほどに、心は前を向いていた。

七海燈子。光の加減では青みを帯びるようにも見える、美しい黒髪と瞳の持ち主。一目見ただけで心の中心にするりと入り込むその容貌に注目しているのは、私だけではないと思う。

新生活の始まりに彼女と同じクラスだったのは、大きな幸運だったと思う。

放課後になるとその七海燈子が、私の机の側へとやってくる。

「早速行ってみようか」

前置きがなかったので、どこへ、と聞きかけた。でも心当たりに行き着く。

「生徒会?」

「うん。予定大丈夫?」

聞く順番が逆じゃないかと思う。でも七海燈子の誘いを断る理由もない。

「いいわよ」

帰り支度をする手が、少し焦る。

七海燈子は生徒会志望で、私もそれに誘われていたのだった。

私を誘った理由は、見た目が真面目そうだから、らしい。

用意が済んでから、二人で教室を出る。日陰に位置する廊下は少しだけ空気が冷たい。さて、上に行くのか下に行くのか。

「生徒会室は何階?」

「ここの校舎にはないんだって」

七海燈子が説明しながら階段へ向かう。私には把握できていないので大人しくついていく。

七海燈子の隣に立つと、緊張で肩が持ち上がってしまいそうで気を遣った。

下駄箱《げたばこ》で靴を履き替えて、校舎の外に出る。先程の言い方から別の校舎へ向かうかと思いきや、背を向けて逆の方へと歩いていく。七海燈子の歩き出す先には散歩道のような景色が続き、木々の合間に舗装されていない通りがある。隣接した小高い山の方へ向かうから、自然がいっぱいになっていく。左右を見渡して、確認する。

「生徒会室よね？」

「うん。離れにあるみたい」

「そうなの……」

変わった生徒会みたいだ。職員室に確認を取りに行くとき、不便じゃないのだろうか。

校舎の壁に沿うような道を進んでいくと丁度、裏手の方に出る形となるみたいだ。人の声が減り、鬱蒼《うっそう》とした景色が深まると既視感が増す。どこで見ただろうと考えると、とても身近な場所だった。

「うちの庭みたい」

歩きながらの景観をついそう評してから、あ、となった。七海燈子が目を丸くしてこちらを見ている。そして七海燈子の視線は周囲の景色を一望してから、私の所に戻ってきた。

「佐伯さんの家ってお金持ち？」

七海燈子が関心の輝きを目に宿らせながら尋ねてくる。なにがそんなに興味深いのか。

お金持ち、ね。

「まぁ、そうだと思う」

「あれ、言われると困る話だった？」

私の芳しくない反応から、七海燈子はそう察したらしい。

「困るというか……困るってなに？」

言葉が上手《うま》く出てこなくて疑問だけになる。七海燈子は陽光と同じく煌《きら》めきながら言う。

「知られると困るお仕事」

「どんな仕事なのそれ……」

意外な子供っぽい発想に、少し笑ってしまう。七海燈子も私に笑われてか、やや照れるように目を逸《そ》らす。そのまま少し歩いてから、頭の中で話題を纏《まと》める。

「うちには広い庭があって、お手伝いさんも通ってる」

「わぁ」

「飼ってる猫は二匹」

「いいねっ」

「でもそれは全部、自分の努力じゃないから。だからあまり得意げに話したくないんだと思う」

「ふむ」

自分が築き上げたものではないのに、ステータスとすることはできない。賞賛されるのも筋が通らない。そういうこだわりみたいなものが、気持ちに陰りを与えるのだと思う。

でも、七海燈子は違うようだった。

「お金持ちってがんばらないとなれないから、家がお金持ちなら、それは家族の誰かががんばっているってことでしょう？　私なら誇りに思うよ」

今度はこちらが唸《うな》る番だった。

そういう捉え方もあるんだ、って少し感心する。

「家族のこと、好きなのね」

口ぶりから感じたものを評する。七海燈子は一瞬、固まったように見えた。

「まぁ、人並みに」

答えながら浮かべる、七海燈子の張りつくような笑顔が、少し気になった。

……いえ。

七海燈子のことで、気にならないことなんて一つもないのだ。

お互いに少し踏み込んで、不用意に触れてしまったように思う。それから生徒会室が見えてくるまではどちらも無言で、木々の間に小さな足音だけが並んだ。合間に七海燈子の横顔を覗《のぞ》いて、綺麗《きれい》だって素直に感じて、目が合わないことに安堵《あんど》する。

やがて、山の方へと近づき、周囲の自然が色濃くなると共に、その建物が見えてくる。和風の屋根と山ツツジが出迎える入り口に、生徒会室と小さな表札がかかっていた。

来る途中で見えたけれど、裏手にはベンチも用意されているみたいだった。

静けさを含めて、森の奥に用意された庵《いおり》のような佇《たたず》まいだ。

「古そうな建物ね」

作りも直線的で簡単だし、今時木製の壁だし。押せば崩れそうだ。

「元は書道部の部屋だって聞いた」

「へぇ……」

書道教室に通っていた思い出が蘇《よみがえ》る。先生の手本を真似《まね》して字を描くと褒められたものだ。そういうのは得意な分野と言えた。

「虫が多そうね」

色とりどりの花が咲き、自然に溢《あふ》れていることからそんな想像をしてしまう。

「虫苦手？」

「得意な人なんているのかなって思ってる」

「同感」

七海燈子が苦笑する。苦手なんだ、とやっと七海燈子の人間らしい部分を見た気になる。他があまりに、良い意味で逸脱して纏《まと》まっているから。

「失礼します」

七海燈子から先に入室する。同じ言葉を重ねて、その後に続いた。

室内も古めかしかった。中央に長机が用意されて、床からは乾いた木の香りが立ち上る。左右の壁は大きな窓が用意されて、日光を余すところなく受け入れている。

その長机を囲むように、男子が二人、女子が一人という構成だった。多分、全員上級生だろう。

「入会に来ました」

「入会？　見学じゃなくて？」

短めの髪の女生徒、胸元のリボンの色から判断するにやっぱり上級生が目を丸くした。

「そのつもりです」

「やる気あるの来たなー。まぁとにかくそっちに座って」

真ん中に座っている男子が向かいの席を手振りで勧めてくる。向かい側に座っていた明るい髪色の男子が椅子を動かして、私たちに場所を用意してくれた。

「すみません」

「いやいや」

気さくに笑って他の上級生に並ぶ。三人と私たち二人が向かい合って、面接みたいな構図だった。いや実際、そんなものか。

「俺は久瀬。二年ね」

中央の男子が自己紹介する。

「そしてこっちも二年であっちも二年」

流れるように残る二人を紹介していく。その説明の統一感から、省かれているであろう三年生への疑問は予期していたようでそのまま説明してくれる。

「年度が替わると、三年はほとんど引退状態なわけ。五月に選挙あるから」

「生徒会選挙？」

「そう」

早いな、と思った。一年も投票するのだろうけど、学校のことはよく分かっていないまま始まるんじゃないだろうか。

「この先輩は引退もしてないのにほとんど姿を見せないのよ」

黒髪の先輩が口を挟む。久瀬と名乗った上級生がバツ悪そうに口もとを歪《ゆが》める。

「なんてことを言うんだ。あー……本当のことだけどさ」

久瀬先輩が力なく同意すると、黒髪の先輩が笑いながら席を立つ。

「剣道部と兼ねててさ。あっちが割と忙しいから」

「しかもこんなので生徒会長になろうかな、なんて考えてる」

そう説明しながら、先輩がコーヒーカップを二つ持ってきた。それぞれ、私と七海燈子の前に置く。中に注がれた液体の湯気と香りが鼻にまで上ってくる。

「すみません、先輩にさせてしまって」

「気にしないの。可愛《かわい》い後輩ができるならこっちも嬉《うれ》しいし」

「ありがとうございます」

受け取ってから、七海燈子がカップを包むように持つ。そうして、尋ねる。

「なれるんですか？　生徒会長」

「他の立候補者次第。やる気のないやつが多かったらいけそう」

久瀬先輩がそれを望むように笑う。私もそうだけど、七海燈子の目も細められる。

「ただうちの学校、行事には熱心な傾向があるからな。今年もけっこう大変かも」

「そうですか、行事……」

七海燈子が含みあるように反応する。気にするような部分だろうか、と少し引っかかって見つめていると、その視線に気づいてか七海燈子が曖昧に笑ってから、カップに口をつけた。

「忘れてた、砂糖とミルクは？」

先輩に質問されて、七海燈子は少し考える素振りを見せた後。

「ミルク二つお願いします」

七海燈子のその注文を記憶しておこうと思った。これから生徒会で活動していけば、役に立つ場面はたくさんあるだろう。それから、先輩の目が私の方に向く。

「そっちの」「佐伯です」「佐伯さんは？」「このままで大丈夫です」

コーヒーは無糖の方が落ち着いて飲める。

「佐伯さんも入会希望でいい？」

返事の前に七海燈子を一瞥《いちべつ》する。七海燈子が小さく頷《うなず》くのを見て、こちらも決める。

「はい」

「一気に二人も増えるなんて、いやぁ助かった」

楽できそう、とはしゃぐ久瀬先輩を見て、この人には投票しないでおこうと密《ひそ》かに決める。

「他のやつらが楽になると、俺の心労が減るだろ？　ほら俺も助かる」

「……まぁ、こっちは置いとくとして」

先輩が流す。そうしたやり取りを、もう一人の男子の先輩は黙って眺めていた。

「放課後は基本、毎日なにかやってるから。予定がないならお願いね」

「はい。ああでも、習い事のある日は遅くまで残れないかもしれません」

「なに習ってるの？」

先輩ではなく隣の七海燈子が質問してくる。

「生け花」

「おぉー」

七海燈子がなぜか控えめに拍手してきた。イメージ通りってことなのだろうか。

「前はもっとたくさん習ってたのよ」

ピアノに、習字に、水泳。

どれもやりきると言うほどには続けられなかった。習い事以外も中途半端に終わっていく。

今度は最後まで遂げられるだろうか、と七海燈子に気づかれないよう一瞥《いちべつ》する。

七海燈子はコーヒーミルクを摘んだまま、蓋も開けないで生徒会室を眺めていた。なにかを見つけようとするみたいに、目は天井や床に感動なく動く。

七海燈子と生徒会。一体、どんな思い入れがあるのだろう。

やりたいことでもあるのか、それとも生徒会そのものに意味があるのか。

私が七海燈子について知っていることは、まだ多くない。

だから完璧に見えるのかもしれない。

……それなら。

知らない方が、七海燈子は綺麗《きれい》に見えるのだろうか。


生徒会での挨拶を終えてから、正門までまた七海燈子と歩く。

「慣れないと迷いそう」

私がそうこぼすと、「確かに」と七海燈子が振り返る。

「迷ったら連絡するから救難に来てね」

七海燈子の冗談に、息を抜くように笑う。

「残念だけど、知らない番号からかかってきたら出ないようにしてるの」

「あ、そっか。まだ番号の交換してなかったね」

七海燈子が電話を取りだしてこちらに見せてくる。私もやや慌てて、鞄《かばん》から電話を出す。

淡い木漏れ日の下、風に揺れる影と共にお互いの指と声が交差する。

登録を終えた番号を表示しながら、七海燈子が微笑《ほほえ》む。

「知ってる番号になったね」

「必ず助けに行くわ」

きっと走っていく。その時は、弾んだ息に気づかれないといいのだけど。

正門に来ると、部活を終えた学生たちの声が賑《にぎ》やかに湧いてくる。その間を自転車が追い抜いていって、人影が地面を濡《ぬ》らすように広がる。その影の一部に、私と七海燈子も加わる。

彼女の頭部の鋭い影が、長い髪と共に頼りなく泳いだ。

「佐伯さんの家は？」

どっち、と指を左右に振る。私は七海燈子と揃《そろ》えるように、同時に指差す。

お互いの人差し指は、正反対に向いていた。

「逆方向ね」

「ね」

残念。

別れて帰路に就く。歩く音が心臓の鼓動を追い抜くまで、少し距離がかかった。

中学の時は電車通学で、それが嫌になったと親には嘘《うそ》を吐《つ》いた。でも歩きで通えるようになってみると思ったよりも楽で、そこまで嘘《うそ》でもなかったなぁと思う。

電話で時刻を確かめてから、真っ暗になった画面を見つめる。

あれから、あの人が電話をかけてくることはない。正直、ほっとしていた。

家に帰る。生徒会室とは比べものにならない立派な門と塀が構えられていて、七海燈子がこれを見たらどんな反応をするだろう。それよりも反応を振り返るに、猫と対面した方が色めき立つかもしれない。その猫の鳴き声が聞こえて、門の柱の陰を覗《のぞ》く。影を背負うように、サビ柄の猫が丸くなっていた。こっちに気づいて、目が合う。

「ただいま」

挨拶したら、ゆっくりと起き上がって庭の方へと向かっていく。家には猫が二匹いるけれど、揃《そろ》って行動しているところはあまり見ない。喧嘩《けんか》もせず、干渉もせずそれぞれの生活があるみたいだった。共通しているのは、面倒を見てくれる祖父母によく懐いていることだろうか。

猫を少し追ってみた先で、祖母を見つける。祖母が佇《たたず》んでいる庭の木々の下は放課後に感じたように、生徒会室までの道のりに重なるものがあった。

「ただいま帰りました」

「ん」

挨拶すると祖母が短く頷《うなず》く。祖母は寄ってきた猫を屈《かが》んで抱えて、最初少しよろめく。背筋や姿勢に衰えのない祖母だったけど、最近はそうした老いを見せるようになってきていた。

だけど声と、態度の鋭さは健在だ。

「学校が楽しいかい？」

「え」

挨拶もそこそこに言い当てられて、顔に出ていたかなと恥じ入りそうになる。

でも祖母の見ている場所は違った。

「そういう動きをしている」

「動き……」

顔とかじゃなくて、と自分の肘や膝をつい確かめてしまう。

「やる気のある動きってことだよ」

それだけ言って、良いとも悪いとも評価しないで祖母と猫が去って行く。

やる気、と呟《つぶや》きながら腕を上下させてみる。格別、その動きが速いわけではない。

「普段からやる気は持って生きているつもりだけど」

祖母の表現は独特で、時に伝わりづらい。ただ祖母が言うからにはそういう面があるのだろうという信頼はあった。側で見ていても分かるくらい、七海燈子と出会ったのは良い刺激になったのかもしれない。それが七海燈子に見透かされていないといいな、と思う。

そのやる気の行き場は当面、生徒会に向かうことになりそうだ。

七海燈子が生徒会になにを求めているのか知るまで、行き先は決まっていた。


一週間も経《た》つと、クラス内である程度のグループ分けが出来上がる。

気の合う相手とはお互いに引き合うものがあるのか、私も二人の友人と一緒にお弁当を食べるようになっていた。今のところ五十音順の席で近くもないのに、不思議なものだった。

「わぁ、昨日の残り物が綺麗《きれい》に詰めてある」

「こんにゃく多くない？」

「うちこんにゃくあんまり好きじゃないからなー。みんな残しちゃうんだよね」

「なんでそれで夕飯に出てくるのよ……」

友人が嘆いたり呆《あき》れたり、仲睦《むつ》まじくしている。

吉田《よしだ》愛果と五十嵐《いがらし》みどり。吉田さんはこんにゃくが多い方で、五十嵐さんはない方。

吉田さんの方は明朗、というか……なにも考えないで勢いだけで喋《しゃべ》っているのでは、と思うような発言が目立つ。五十嵐さんの方はそんな吉田さんに呆《あき》れることが多い。でも昼休みに限らず、大抵一緒に行動している。

二人はとても仲が良く、気心が知れているように私には見えた。

「中学校から一緒だったの？」

だからそういうものではないかと思って聞いてみたのだけど、二人は一度顔を見合わせて。

「いえいえ」

「高校に入ってからだよ」

「そうなの……」

とてもそうには思えない。馬が合う、というやつなのだろうか。

まぁ、長い時間を共にすればその分だけ仲良くなれるなんて、都合よくいかないのだから逆もまた然りなのかもしれない。流れる水が合流すれば一瞬で混ざるように。

「他の子にも聞かれたけど、そう見えるのかな？」

吉田さんが確認を取ると、五十嵐さんが一度、目を泳がせてから。

「あんた言葉が軽いからね。気安く見えるのかも」

「ふぅん……ま、仲良く見えるのはいいことだよね」

吉田さんはあっさりとしたもので、こんにゃくを箸でつつき出す。

五十嵐さんはそんな吉田さんを一瞥《いちべつ》してから、先程までの話題に戻る。

なんだったか……そう、部活動についての話をしていた。

「で、英会話部っていうのに入ってみようかなと思うの」

「えー、かいわー」

吉田さんが独特の反応を挟む。大きく口を開けて、間延びして。私のこれまでの交友になかった性格なので、吉田さんが発言すると戸惑ってしまうこともある。

でも多分、言ってみただけで意味はないのだろう。五十嵐さんも特に相手にしていない。

「どうせ部活やるならそういうのがいいかなって。運動部なんて、どうせプロになるわけじゃないし」

「そうかなー。運動しとくといざってときに走り出しても逃げ遅れないよ？」

「なにから逃げるのよ」

「えーと、そうだな……そうだなぁ……」

箸を止めて頭を抱えるようにして真剣に考え出してしまう。五十嵐さんが目を細める。

「ほっとこ」

「う、うん」

五十嵐さんに促されて困惑気味に放置する。こちらが食べ進める間も、うんうんうなり声がする。五十嵐さんはその間に、素知らぬ顔で吉田さんのこんにゃくを一つ摘んだ。

「おいしいじゃない」

「沙弥香は苦手なものある？」

考えつかなかったのか、吉田さんが話を振ってくる。吉田さんは私の名前を聞いてから三分後には下の名前で呼び始めた。釣られるように五十嵐さんも私を沙弥香と呼ぶ。

そういう距離感が当たり前だからこそ、二人はすぐに仲良くなったのかもしれない。

それはさておいて、苦手なもの。

そういう質問、と言いたくなった。

「そうね……」

一瞬、中学時代の先輩の顔が思い浮かぶ。奥歯のあたりに苦みが増した。

「いい加減な人は苦手かも」

「なるほど、私みたいな？」

ふふふん、となぜか得意げだった。

「自覚あったんだ」

「まーね」

五十嵐さんの言葉にもまるで動じない。悩みは解決したらしく、吉田さんが嬉々《きき》として食べ始める。……結局、なにから逃げることになったのだろう。私？

教室の戸が開く音に釣られて目をやると、机の下で足が固まる。七海燈子の姿があった。七海燈子は用事でも済ませてきたのか、丁度教室に入ってくるところだった。そして自分の席に戻ろうとしたところで、吉田さんがそちらへと振り向く。

「燈子も一緒に食べようよ」

表情に驚きが出ていないか、心配になった。

えっ、と出かけた声を辛《かろ》うじて飲みこむ。吉田さんが気軽に、ともすれば軽薄なほどに七海燈子を呼び止める。しかも、下の名前で。七海燈子の方も気にする素振りなくこっちにやってくる。吉田さんがそういう性格なのは分かっていたけど、七海燈子に対してもなのか、と驚く。

「いいよ。でも席……」

七海燈子がきょろきょろとする。手近な椅子なんて空いているはずもなく、引っ張ってくるには七海燈子の席も少し遠い。その七海燈子と目が合って、困ったように微笑《ほほえ》まれて、赤面していないかやや不安になる。

「あ、じゃあこうしよう」

吉田さんがさも名案が閃《ひらめ》いたように言い出すので、私と五十嵐さんは嫌な顔になった。吉田さんは席を立って、すぐ隣の五十嵐さんの肩を押し始める。「ちょっと、なに」と眉をひそめる五十嵐さんを椅子から半分ずらして、残り半分に吉田さんが収まった。

「はい席空いたよ」

吉田さんが今まで座っていた椅子をどうぞ、と七海燈子に差し出す。

「いいの?」

「いいよ、ちょっと楽しいから」

「楽しくない」

五十嵐さんが肩で吉田さんを押して、めいっぱい不満を伝える。七海燈子は苦笑しつつ、

「じゃあ遠慮なく」と意外にも断らないで座った。吉田さんはそれを受けて、満足げに笑う。

その吉田さんに確認してみる。

「七海さんとは、前からの友達?」

「んー、わりと前だね。一週間前」

それは高校入学してからという。

「みどり、ごめんね」

七海燈子が五十嵐さんに軽く謝る。「謝るのは燈子じゃないよ」と五十嵐さんが吉田さんの頭を小突く。吉田さんは「あ、これ腹筋使うわ」と半分だけ座った状態を暢気《のんき》に体験している。

……みどり。

気にしていると、七海燈子の視線に気づくのが少し遅れた。

「どうかした？」

自分のお弁当箱を置いたまま、私の手元を覗《のぞ》いている。目つきが丸く、やや子供っぽい。

「佐伯さんのお弁当にちょっと興味が」

「え……ああ」

合点《がてん》がいく。私の家の話と関係しているのだろう。

「普通よ、ほら」

食べかけのお弁当を晒《さら》す。おかずにご飯にと、七海燈子の目が一つずつ捉えていく。

期待していたのと違うのか、瞳は輝かず、口もとは緩んだままだ。

「おいしそうだね」

「どんなの期待していたの？」

聞かれた七海燈子は、俗な想像を語るのを恥じてかごまかすように笑って身体《からだ》を引っ込めた。

お金持ちは卵焼きの入っているお弁当を食べないのだろうか。私は、お金があっても入れたい。

それにしても。

他の子とは名前で呼び合っているのに、私たちは佐伯さん、七海さんなのか。

……ムッとするものがある。

私、出遅れている？

他の子たちと私の、七海燈子を目指す方向は違うだろうけど。

吉田さんたちは気兼ねなく七海燈子と会話する。私は、悶々《もんもん》とする。他の子たちに合わせて燈子、と呼んでみるか悩む。嫌がりはしないだろうけどきっと、唐突に感じるだろう。

この場で急に飛び跳ねるようなもので、私にはそれが難しい。

自分を崩していくのが上手じゃないのだ。

そんなことばかり考えながら機械的に手と口を動かして、あまり味を感じられない昼食だった。

昼休みが終わる頃、立ち上がった七海燈子を、さりげなく呼んでみようとする。

「と、」

「ん？」

七海燈子が振り返る。そうして見つめ合うと、出かかった声が枯れる。

「なんでもない」

「んー？　そう」

七海燈子は深く追及することはなく自分の席に戻っていく。

「ははーん」

側から思わせぶりな声を貰《もら》って、鋭く首が動く。

「なに」

吉田さんがこんにゃくを箸で摘んだまま得意げに指摘してくる。

まだ食べ終わっていないのか。

「名前で呼ぶの慣れてないんだね」

見透かされて、すぐに否定もできない。

吉田さんと五十嵐さんが見つめ合って通じ合う。

「それっぽいかも」

「それっぽいよね」

「ぽい？」

ぽいが私に向けたものであるのはすぐに分かる。でもぽいの姿形は見えてこない。

「私ってどう見えるの？」

「え？　えーと、美人っ」

吉田さんに褒められ？　る。五十嵐さんはそこで軽く目を細める。

気づいたけど、まだ二人で同じ椅子に座っていた。

「ありがとう」

取りあえずお礼は言うけど、こういうことが聞きたかったわけではない……と思う。

「じゃ、まず私を呼んで練習してみよう」

腕を組んで背筋を伸ばした吉田さんが、私の声を待ち受ける。

「練習って」

「燈子よりは言いやすくない？」

それっぽいっしょ、と吉田さんがよく分からないぽいをまた投げてくる。

でも、こちらのぽいは感覚的に分かる。

正直、気安く距離を詰めてくる相手は苦手だ。でも吉田愛果という級友とのやり取りの間には、そうした苦手意識が芽生えない。振る舞いがごく自然で、他意がないせいかもしれない。

だから私も、深く考えないで言える。

「愛果」

「うんうん」

満足そうだ。

「次はわたしだね」

五十嵐さんまで求めてくる。こちらも、気負わないで相手することができる。

「みどり」

「よしよし」

嬉《うれ》しそうだ。……私との仲より、二人の反応の方がお揃《そろ》いで深まった気がする。

「あ、それ私が言えばよかったな」

吉田愛果、愛果が口を挟む。

「……吉田だから？」

「よしよし」

安直な発想を述べたら、愛果は嬉《うれ》しそうに頷《うなず》いた。五十嵐みどり、みどりの方は「安易」と一言で評する。愛果は「でもさー」とそれに対して反論する。

「吉田から他に連想できるものないじゃん？」

「いやそういうことじゃなくて。それより早く食べちゃいなさいよ」

みどりが弁当箱の隅を指差す。残っているこんにゃくは二つだった。

「はいはい」

こんにゃくを口に入れながら、愛果が私を見る。

「というか簡単に言えるじゃん」

「言えないなんて言ってないじゃない」

「それもそうだ」

愛果があっさりと納得する。ついでのように口の中のものを飲みこんで、うんと頷《うなず》く。

「仲良くなれるといいね」

深い意味はなさそうに、愛果が笑って締める。

「……そうね」

今は仲良くないのだろうか。仲が良いって、どう証明するのだろう。

「こんにゃく飽きたな」

「あと一個だしぱくっといきなさいよ」

「じゃあ口開けて」

「じゃあってなに」

わちゃわちゃやっている二人が教室で一番賑《にぎ》やかだ。確かに愛果とみどりみたいな慣れ親しんだ雰囲気はない。そもそもこの二人は一週間で馴染《なじ》みすぎているので例外というか、参考にならないと思う。私と七海燈子がこんな風に距離を詰めることは、恐らくない。

私は、素直に認めると七海燈子に一目惚《ひとめぼ》れしてしまって。

それに浮かれていたけれど、そろそろ冷静になる部分も表れてくる。

その外見に心惹《ひ》かれて色々な悩みを放り出してしまったけれど、私と七海燈子は、女同士だ。

それはきっと、私以外の世界にとってはありふれていない関係だった。

じゃれ合うような二人の声を遠くに聞きながら、目を瞑《つぶ》る。

問題と困難は、道を作れるほどに溢《あふ》れかえっていた。

「新入テストってなにさ。入るときもテストされたのにさぁ」

愛果がそんな文句を口にするのを、側で聞く。

「入試は運良く点数取っただけかもしれないし」

みどりが冷静にそう返すと、愛果がその視線を受け止めてむぅ、と唇を尖《とが》らせる。

「なんで私を見て言うかな」

「前に自分でそう言ってなかった？」

「あー、そうだったかも」

愛果があっさりと納得してしまう。それから、私に話を振ってくる。

「沙弥香ってテストの点数よさそうだよね」

どこでそう判断されたのだろう。点数が良くなる振る舞いなんて、していないつもりだけど。

「さぁ。まだやってもいないことだから」

謙虚なことを言ってはみたけれど、自信がないわけでもなかった。

中学生の時と同様に、やるべきことを、必要な分やる。それで結果は出るはずだった。

入試の時はそのやるべきことが、できなかっただけ。

「…………」

来週に、新入生全体で簡単な試験が行われるとのことだった。まだ高校の授業が始まって間もないから、愛果たちが言うように入試の延長みたいなものかもしれない。

入学試験の一位は七海燈子だった。それは入学式の新入生代表の挨拶を担当したのが彼女であることからも明らかだ。私は七海燈子を知る前、そこに屈辱めいたものを覚えた。直後に彼女を一目見てしまったことで有耶無耶《うやむや》になっていたけれど、時間と距離を置くと段々、やる気が再燃してくる。勉強という分野にはそれなりに向いているという自負がある故だ。

入試と異なり、入学してから過ごした時間の量は同じだ。更に言うと、同じ教室で同じ時間割の授業を受けて、放課後は生徒会の活動に出てと流れまで揃《そろ》っている。七海燈子より近くも、遠くもない。純粋に実力の勝負となるときて、やる気の出ないはずがない。

その七海燈子が鞄《かばん》を持って、こちらにやってくる。

「試験前だけど生徒会はどうする？」

本当を言えば、早々に帰って復習でもしたいところだけど。

七海燈子とここまで条件が同じなら、最後まで合わせたかった。

「七海さんが行くなら、付き合うけれど」

「じゃ、行こうか」

七海燈子は試験への気負いなんてものをまるで見せることなく、いつも通りの放課後を選ぶ。余裕、なのだろうか。

「二人とも余裕だなー」

愛果が軽く揶揄《やゆ》してくる。

「ないよそんなの」

七海燈子が軽やかに笑って否定する。その優美な反応からは本心を窺《うかが》わせない。

「ま、家にすぐ帰っても勉強なんてしないけどさー」

愛果のそんな気の抜けた声を聞きながら教室を後にする。廊下で、七海燈子が尋ねてきた。

「佐伯さんは試験前になると図書室とか利用する方？」

「私は家でやるわ。そっちの方が落ち着くから」

「凄《すご》いね」

七海燈子に簡単に褒められて、どこがと聞き返しそうになった。

「私は一人だとつい手を抜いちゃいそうだから」

「まさか」

そういう性格には思えなくて一笑に付す。生徒会での活動を見ていれば、真面目なのは分かる。

それとも、努力しなくても結果が出せてしまうのだろうか。

なにもしなくても、最初から完全なもの。

弱さのないもの。

それこそまさかね、と思いつつ否定しきれなくて。

一緒に歩いていて、もやもやとする。

なんだろう、この不安定な気持ちは。

負けたいと勝ちたいが共存しているかのような、奇妙な感触に翻弄されていた。

七海燈子への不安と期待が入り交じりながら、家に帰ってからは試験勉強をなぞるように知識を掘り返す。中学三年の後半は勉強が疎《おろそ》かになっていたから、振り返るいい機会でもあった。あの時に見失ったものを取り返すように、丁寧に拾いあげていく。

本棚の隅を一瞥《いちべつ》して、すぐにまた机に向き合う。

そんな経緯があって望んだ、高校最初の新入テスト。

結果も廊下に貼り出されて、私は。

「二位だって。凄《すご》いじゃん」

愛果が肩から覗《のぞ》くようにして、私の結果を褒めたたえる。

右からずらりと並ぶ、新入生の名前。

私の名前は、その二番目。

「一位じゃないわ」

自分の口から出たそれが不満なのか、それとも、遙《はる》か高い山の頂を見上げるようにただ目の前の事実を述べただけなのか。そのあたりを掴《つか》み取《と》れないまま、喧噪《けんそう》の中で見つめ続ける。

二位は佐伯沙弥香。

そして一位は、七海燈子。

堂々と、私はまた負けたのだった。

「点数僅差じゃん。でも一位が燈子は本命って感じだね」

「いやぁそれほどでも」

いつの間にか隣にやってきていた七海燈子が、手を腰の後ろに組みながら謙遜する。

愛果は私の肩に顎を載せて（邪魔）、その先端をがくがくと突き刺すようにしながら喋《しゃべ》る。

「涼しい顔しちゃってるけど、いっぱい勉強したの？」

「生徒会が忙しくてあんまり」

燈子が笑って否定するのを、横で黙って聞く。私だって生徒会で、活動はそれほどなかったことを知っている。

「なんてね。だったらいいんだけど、うん、もちろん勉強はしたよ」

燈子がすぐに手のひらを返す。返してそのまま、私の方を向いた。

「今回は勝てたね」

笑顔で、後ろ暗さもなく宣言されると悔しさも滲《にじ》んでこない。ふっと、肩の力が抜ける。

「またよ。入試でも負けたもの」

「入試？　あ、新入生代表の？」

小さく頷《うなず》く。

「自信なくしそう」

後ろ向きな言葉と裏腹に、心は思うよりも暗くない。

むしろ、七海燈子を見つめるせいか眩《まばゆ》い。

「いや、私も大変だったよ？　多分、佐伯さん以上に勉強したと思う」

七海燈子が私を特に気遣うこともなく、恐らくはありのままを伝えてくる。

なにもしないでこうなったわけではないという矜持《きょうじ》のようなものかもしれない。

七海燈子にも、努力は当然必要だ。

「……そうね。きっと、そういうこと」

その足掻《あが》く部分をまるで表に見せないようにしている、七海燈子の在り方を快く感じている。

入学式に、颯爽《さっそう》と壇上へ向かっていくその姿に目を奪われたあの瞬間が蘇《よみがえ》る。

そんな自分がいた。

「で、みどりはなんでさっきから黙ってるの？」

愛果が隣に立つみどりをつつく。みどりは眉根を寄せて分かりやすく不満を訴えていた。

「まさかあんたより低いと思わなくて」

「ひどい理由だった」

確かに愛果がなかなか高い順位にいて、みどりがその後ろにいるのは意外だった。普段の言動がふんわりしているというか……とぼけている感じがしていたものだから、余計に。

見た目と中身は案外、一致しないものなのかも。

でも、その心身が整って揃《そろ》っているのがきっと、七海燈子。

正直、また負けるとは思っていなかった。一斉に走り出せば、勉強という分野なら先頭に立てるという淡い思い込みがあった。そんな私を爽やかに、七海燈子は追い抜いてしまう。

距離は遠くなく、けれどその背中は鮮烈で。

ああ、いいな、と思ってしまう。

次こそ負けたくないから全力を尽くすけれど、七海燈子はそんな私に負けてほしくないとも思う。願いは矛盾しているけれど、彼女に望むのは正にそれだった。

例えば、今こうして笑いかけてくる七海燈子が最下位だったら、私の目に魅力的に映り続けるだろうか。想像すると、自分の中に建つ塔のような大きなものが崩れていきそうに思えた。

私は、七海燈子に綺麗《きれい》なものを求めている。

触れることさえ躊躇《ためら》うほど、ただ美しいものを。

一位に立つ七海燈子を、もう一度見上げる。

私の前にあるべき名前。後ろに来るとしても、見上げ続けられるだろうか。

弱い七海燈子を好きであり続ける自信は、まだなかった。

「本当に来ませんね」

女子の先輩に言うと、「いやまったく」と深々同意する。

「お陰で一年時からこっちに負担かかってたの」

生徒会室での作業中、男子二人の姿はない。久瀬先輩もそうだし、もう一人の上級生もあまり見かけることはなかった。生徒会は現状、実質三人で動いている。

「これから一年、あなたも苦労するよ」

「やりがいがあるって思うことにしておきます」

言い換えると、先輩は破顔して白い歯を晒《さら》した。

「いやぁいい子だね沙弥香ちゃん」

先輩は私を沙弥香ちゃんと呼ぶ。

「…………」

少しずつ、慣れていくだろう。

そしていつの日か当たり前になってなにも感じなくなる。

人間は便利だ。

「そういえば燈子は休み？」

なぜか七海燈子にはちゃんが付かない。感覚として分かるものはあるけれど。

今日は今のところ、生徒会室に先輩と二人きりだった。

「なにか用があって……終わったらすぐに来るって言っていました」

そう伝言を残して、七海燈子はそそくさと教室を出ていった。部活の掛け持ちもしていないのに、放課後の校内にどんな用があるのだろう。生徒会室に来るまで考えてみたけれど、答えはいくつも浮かばなかった。

空は雲が白波のように広がり、太陽を海の底に沈めたみたいに薄暗い。生徒会室の大きな窓からも光は差し込まず、雨が降らないだけマシというところだった。そうした天候の割にやや蒸し暑さを覚えて、五月が近いことを肌が感じていた。

それからしばらくして、作業が一通り片付いたところに七海燈子がやってくる。

「遅れました」

そうやって挨拶しながら、私の隣に座る。それを見て席を立ち、カップにお茶を注いで渡す。

「ありがとう」

「用事は済んだの？」

「うん」

七海燈子の声はやや浮かない。その様子が気になって、つい目を引かれる。

七海燈子もすぐにこちらに気づいて、ごまかす。

「なんでもないよ」

「ならいいけど……」

私に話すようなことではないということなのだろう。

まだまだ、七海燈子との隔たりは目に見えるくらいのものだった。

今日は特別忙しいわけでもなく、七海燈子が遅れて来たところで仕事もなかった。お茶を飲んで、一休みしたところでもう帰ってもいいと先輩に言われる。

「鍵もやっとくから」

「お疲れ様でした」

七海燈子が頭を下げて、生徒会室を出て行く。よし、とやや固くなった足で後を追う。

生徒会活動の終わり。そこから、私の思い描く本番が始まる。

今日来たなら言おうと思っていた。来てしまった以上は逃げられない。

他の人に後れを取っていたら、その背中に追いつくもなにもない。

そして、他の人にできるのなら私にもできる。

それくらいの自負はあった。

「七海さん、ちょっといい？」

外に先に出て立ち止まっていた七海燈子に声をかける。七海燈子はなぜか、軽く飛び跳ねる。

「どうかした？」

「いや、こっちこそどうしたの？」

声をかけただけで怖がられるような関係ではなかったはずだ。

「ちょっとぼぅっとしてたから、驚いただけ。用事?」

「少し話があるの」

「うーん……うん」

七海燈子はなんでか、警戒するように返事が鈍い。気にはなったけど、そこに言及しているといつまでも本題に入れないので、そのまま裏手のベンチに向かった。

生徒会室を背負うような位置にある古いベンチは正面に森のような忙《せわ》しい景色が広がり、思ったほど落ち着かない。七海燈子との間にはお互いの鞄《かばん》を置いて、一定の距離を保つ。

「さてなにかな、告白?」

冗談だと分かっていても言葉を失う。気を抜くと視界まで飛び飛びに陥りそうだった。

「思わせぶりだからそんな空気かなって」

七海燈子は最初、笑っていたけれど私の表情を見てからはそれを引っ込める。

今、どんな変な顔になっているのだろう。知りたいけど、見たくはない。

「ごめん、まじめな話だった?」

七海燈子の声が落ち着くのに合わせて、私の心のざわめきも徐々に離れていく。

せっかくの自然が目の前に広がっているのだからと、清新な空気を吸い込む。

「真面目というか……真面目、そうね、真面目には言うわ」

「うん。じゃあ真面目に聞こう」

七海燈子が身体《からだ》ごと私に向く。そこまで畏《かしこ》まられても、言いづらくなるのだけど。

これから言うことは、きっと、大したことじゃない。私が少し汗をかきそうになるくらいだ。

「あなたのこと、燈子って呼んでもいい？」

ベンチに手のひらを添えて、身を乗り出すようにして言った。

ついて反った指の付け根が熱くなる。

「いいけど……」

七海燈子の返事は淡々としていた。続きでも待つように、空白が生まれる。

そしてないと分かると、首を傾《かし》げた。

「それだけ？」

「……それだけね」

愛果やみどりと比べて、大げさであろうことは否めない。でも、私にとっては大事だ。

そうしたものをどう受け取ったのか、七海燈子、燈子がやや前屈《まえかが》みになる。

「真面目だった」

鼻に指を添えて三角形を描き、口もとを覆う燈子が肩を揺する。

……笑ってる？

「おかしいところがあった？」

「ううん。話じゃなくて、佐伯さんが真面目だったから」

そんな風に説明されていても、燈子に笑われていると気恥ずかしいものだった。

「性分なのよ」

流れの中でさりげなく、なんて器用にはいかない。一つずつ取り組んでいく。そうやって今まで積み重ねてきたのだから、燈子に関してもそうする他ないのだ。

「そういうとこいいね」

「ありがとう」

好きと言われなくてよかった。言われたらここから、冷静に会話できる気がしない。

「私も沙弥香って呼んでいい？」

「ええ、勿論《もちろん》」

燈子の声で明るく名前を呼ばれると、黄金の光が雲の向こうから差し込むような……晴れ晴れとしたものがやってくるみたいだ。曇り空にも関わらず、明るいものが横から訪れる。光は目尻に輝きを錯覚させた。人は、個人の事情に基づいてそこにないものさえ見えてくる。

少なくとも燈子は私に、光を与えてくれた。

「今、沙弥香を生徒会に誘って良かったと思ってるよ」

「それは光栄ね……」

前もそんなことを言った気がする。そうして生徒会という言葉が出てきたので、そのまま尋ねてみる。

「生徒会に入って、なにか目標はあるの？」

ただ所属しているだけで満足はしないだろう。燈子の目が、遠くを見るように広がる。

「目標……うん、あるよ」

先程と同じ姿勢で口もとを手で覆う。でも今度は、肩が動かない。

「できれば今年に始めたいけど、どうだろう……会長次第かな」

「聞かせてくれる？」

「んー……」

返事を薄く引き伸ばしながら、燈子が鞄《かばん》を持って立ち上がる。そして、

「まだ話せない。正式に役員になってから、沙弥香にも相談するね」

七海燈子は、少しだけ逃げた。

彼女が生徒会に抱いている想《おも》いは、私が考えている以上に本心に近いのかもしれない。それを今日やっと名前で呼び出した相手に、さらけ出すことはできないのだろう。

好きな相手に、知らないことがあるのは不安だ。

でもいつか相談してくれるというなら、今はそれで十分だと受け入れる。

「分かったわ。じゃあ、その時を待つ」

身を引く意を示すと、燈子は感謝しながら口の端を緩く曲げる。

「沙弥香は優しいなぁ」

「そんなのじゃないわよ」

踏み込んで嫌われるのを怖がっている自分本位を、多分、優しさとは言わない。

怖いから、相手が来てくれるまで側で待つ。

いつからだろう、待つのが得意になったのは。

でも中学生の時とは違う。あの時は待つことを選びもしなかった。

だから、違うと。言い聞かせるように、喉の奥で繰り返す。

燈子が鞄《かばん》の紐《ひも》を掴《つか》みながら、じっと林の奥を見つめる。

「……燈子？」

他にも色々な声のかけ方はあったけれど、敢《あ》えて名前を呼ぶ。

呼ぶと、「なんでもないよ」と燈子が薄く笑いながら言う。

通りかかる際に木々の向こうを覗《のぞ》いても、更に広がる幹の色ばかりが目に入る。

この時の私にはなにも見つけられなくて。

だけど燈子がそこになにを見たのか、私は近い内に知ることとなる。


いつものように、燈子と一緒に生徒会室へ向かう日のことだった。

「声……?」

話している最中に燈子がきょろきょろとする。そして、道から少し逸《そ》れていく。

どうしたんだろうと後を追うと、校舎の角に燈子が張りつく。なにかを覗《のぞ》き見るように首を伸ばしているので、その背中と距離を詰める。燈子にこれほど接近するのは初めてかもしれない、と内心どぎまぎとしながら、共にその先を確かめる。

校舎と森のような木々の間に、やや開けた空間がある。植物に守られて日の差し込みづらいその場所に、男子と女子が微妙な距離を取りながら向き合っている。

これは……告白の場面?

人気の少ない場所だし、ロケーションとしては絶好かもしれない。わざわざ校内でやらなくても、と思ったけれど学生の接点は案外、学校しかない。

私だって、告白されたのは学校で、会ったのも学校の中だけだ。

それはさておき、結果としてただの覗《のぞ》き見のような形になってしまう。

「あまり感心しないけど……」

本当はすぐに去った方がいいのだろうけど、つい燈子と二人で物陰に潜んでしまう。

二人は人目につかない場所を選んだはずなのに、こうして人の目がある。世界には人が溢《あふ》れている。私が先輩に告白されたときも、他の誰かに見られていなかっただろうかと今更、過去に対する冷や汗が浮かんできた。

「芹澤《せりざわ》だ」

燈子が女子の方を見て小声で呟《つぶや》く。

「うちのクラスにいた？」

「ううん。でもこの間の体育で競争になった」

「なにそれ……」

そんなことあっただろうか。体育で……ああ、持久走で先頭を走っている燈子を思い出した。あの時競っていた女子も確かにいて、あれが彼女だったのか。段々と細部まで明確に記憶から滲《にじ》んでくる。競争中の勇ましささえある彼女とは異なり、今は頬と目に丸みを帯びて、可愛《かわい》さや友好を感じさせようと一生懸命だ。自然、そういう顔になってしまうのだろう。

顔というのは、意識しないでもたくさんあるものだ。

彼女は愛を謳《うた》うための顔を被《かぶ》りながら、なにかを待つようにじっとしている。

そこから先の声までは聞き取れないけど、彼女の表情に陰鬱なものがないことと、二人揃《そろ》って去って行くところからして想《おも》いは上手《うま》く伝わったみたいだ。無人となってからも少しの間、その空間を覗《のぞ》いていたけれどやがて燈子に「行こう」と促して寄り道を終える。

人気がないのは分かるけど、不意打ちだった。これから生徒会に通う間に、こうやって見つけてしまうことがまたあるのだろうか。

「どっちから告白したのかな」

歩きながら、燈子がまだひそひそ声で話しかけてくる。

「様子を見る限り、女子の方からね」

「芹澤かぁ。……大垣《おおがき》君とは、同じ部活だったかな？」

燈子が顎に手を添えて唸《うな》る。男子の方も知り合いなのだろうか。

「同じクラスじゃないわよね？」

「大垣君はうちのクラスだよ」

……あれ？

「そう、だったわね」

歯切れ悪く嘘《うそ》を吐《つ》くと、燈子が目を丸くする。

「沙弥香はこういうのしっかり覚えている方かと思ってた」

「話したことがないから……」

などとうそぶく。私はどうも、関心のないものは頭に残らないというか……。燈子のことならきっと、大体は覚えていられると思う。コーヒーの好みや、何を入れるかなんてことも。

「あの二人、付き合うのかな」

「そうなるんでしょうね」

告白されてからすぐ返事できるなんて、大したものだ。

「恋人同士……」

燈子の声で恋人なんて言われると、私に関係なくとも少し意識してしまう。

燈子は自分の出した声に納得しかねるように、眉根を寄せる。

「早くない？」

「え？」

「だってまだ入学してから一ヶ月経《た》ってないよ」

その燈子の言い分も分かる。一ヶ月で相手の内面を知るのは限界があるだろう。

それでも短い時間で人を好きになるとしたら、外見がよほど好ましいのか。

……私も人のことは言えない。

「ああ、そうね……」

でも一年一緒にいれば確実な保証を得られるわけでもないのが、人間関係だ。

「時間が長いから気持ちが確かになるとも限らない」

話している最中、燈子の視線が強まるのを感じて言葉が途切れそうになる。

「んじゃないかなって」

「なるほど」

燈子がほぅほぅと大げさに頷《うなず》く。こちらは語ってしまったことを少し恥じらう。

「沙弥香も色々経験してきたって感じ？」

「それなりにね」

女子の先輩に告白されて付き合ったことがあると打ち明けたら、燈子はどんな反応をするだろう。明るい対応は期待できそうもなくて、だから心に沈めてしまう。誰にも気づかれないよう、覗《のぞ》かれないように。でも、ずっとそのままだったら、燈子との距離は変わらない気もした。

「結果的に覗《のぞ》き見したこと、後で芹澤に言った方がいいかな」

「んー……難しいところね」

失恋していたら見なかったことにした方がいいと思うけど、実ったわけだし。

「燈子はどうしたいの？」

私は今のところ、あの二人と親しくない。わざわざ会って伝えるのも不自然なので、このまま黙っていた方が良《い》い。でも燈子は女子、芹澤さんの方とはこれからも仲が続きそうだ。

「それが分からないから相談したんだよ」

「私なら言わないでおくわ」

燈子を見る。燈子はその理由を問うように私を見つめ返す。

「相手が話したくなる時が来たら、自然に言ってくれるもの」

それは物分かりの良さを装った卑怯《ひきょう》かもしれない。でも踏み込んでも、失礼は生まれる。

どちらが正解で、どれくらいの位置にいればいいのか判別するのは難しい。

その適切な立ち位置が本能的に分かっているのは案外、愛果みたいな子なのかもしれない。

「沙弥香って、時々上級生みたいだね」

燈子がそんな風に評してくる。真面目の次は、年上の佇《たたず》まいと来た。

「考え方に皺《しわ》がある？」

「大人だって言ってよ」

それはないわ、と口の中だけで否定する。自分が大人ほど要領よく振る舞えないのは知っていた。かといって真《ま》っ直《す》ぐ走ってはいけない程度に子供を辞めていて……どっちつかずだ。

高校生って、そういうものかもしれないけど。

「実はね……いいか、言っちゃおう」

「なに？」

「私も、昨日告白された」

燈子の正面からの発言に、視界の端が白む。

私も今、燈子に告白されたに等しい。足の中心に棒が差し込まれたように動かなくなる。

「こくはく」

「うん」

声が裏返りそうだ。燈子を見ているようで、目がどこも捉えられない。

「誰に？」

「同級生。話したことは多分ない男子」

「ああ……そ」

そっち、と言いかけた。

「そうだったの」

そっちって？　と首を傾《かし》げられたら言い逃れできないけど、なんとか取り繕う。

そのあたりで少し落ち着いてくる。足も動くようになってきた。

「用事って……そうね、用事ね」

でもやや動揺してしまっている。意味のない言葉の反芻《はんすう》の中、優先するものを考える。

まずは、告白の合否だ。

「受けたの？」

好奇心ではなく心配が先頭に立ってしまっていないだろうかと危ぶむ。

燈子は、前を向いたまま答える。

「断ったよ。あまり傷ついてないといいんだけど」

「そ」

それは良かった、と言いかけた。

「そうだといいけど、本当」

当事者みたいな口ぶりになってしまう。耳が熱くなり、目を逸《そ》らす。

しばらく、そっぽを向くようにしながら歩く。燈子もなにも言おうとしない。

この話題はここで互いに口をつぐみ、なぁなぁで終わらせた方がいいのだろうか。根掘り葉掘り聞くのも妙な空気になりそうだし……でもそうしたらきっと、今日部屋に戻ったところで気になることを消化しきれなくて、なにも手に着かなくなるだろう。

「告白されて、どんな気持ちになったの？」

そんなことを聞いていいのかと躊躇《ためら》いながらも口は半ば自動的に動く。

「見る目ないなって思った」

燈子の口の端が自嘲を伴って曲がる。

「いやいやいや」

「あれ、否定が大きい」

燈子がややビックリしたように目を開く。私もつい反射のように否定してしまった。でも、燈子がそこまで無自覚なのは嫌みにすらなりかねない。

「燈子。あなたは、美人よ」

この際だからはっきり言っておく。なにがこの際なのかは正直分からない。

話題の激しさにこちらも浮き足立っているみたいだ。

燈子は自分の髪を指で梳《す》いてから、私の方へ手を差し出す。なにかを捧《ささ》げるように。

「沙弥香もね」

「えっ」

そう返ってきそうな雰囲気はあったけれど、本当に飾り気なく言われるとは思わなかった。

また身体《からだ》が固まりそうになる。

「そんなに驚く？」

「言われたこと、あまりないから」

「本当に？」

「本当よ」

多分。優秀だ、とかそっちは言われ慣れているけれど。

「それは……見る目ないなって思った」

言葉を重ねてくる。燈子が気に入ってくれるのならそれに越したことはないし、その言葉に嘘《うそ》があるとは思いたくない。

中学校の柚木《ゆずき》先輩だって、私の見た目から入ったのだろうし。

燈子と並んでいると今にもなくしそうだけれど、少しは自信を維持したい。

「美人かぁ」

「ええ」

一度肯定すれば、気恥ずかしさも少しは和らぐ。

「でも私は……一段も二段も落ちるんじゃないかな」

燈子は尚《なお》も、淡く否定する。でもその内容が少し気になった。

「誰と比較したの？」

まさか私じゃないだろう。燈子が自分の発言に今更気づいたように、曖昧に目を逸《そ》らす。

「あ、別に……」

燈子の返事は短く、そして固い。強固な石が地面を跳ねるように。

誰に触れられることも拒絶するような、冷たい感触。

その意思を崩さないまま、一歩先を進む燈子は言う。

「なんでもないよ」

七海燈子の歩く速度が増して、言葉が置き去りになる。

薄暗さに満ちたごまかしが、空気に乗ってあっという間に酸化する。

それらを頬に掠《かす》らせながら、燈子の一歩後ろを維持し続ける。

……なんでもないということはないだろう。燈子の一段も二段も上の美人。想像もつかないけれど、一度、会ってみたい気もする。

それはさておいて。

七海燈子のすべて。

見えていない、見せようとしない弱さ汚さ卑劣さ劣等感嫉妬トラウマ本音建前嫌悪憎悪卑屈自己否定偏愛性癖敵意悪意その他多数の後ろ暗いものの数々。

確かにそれらすべてを覗《のぞ》いてしまえば、彼女への真《ま》っ直《す》ぐな感情がずたずたに引き裂かれるかもしれない。それは私の本当に知りたい、踏み込みたいものなのかも分からない。

……だけど。

今は、その背中を追いかけて歩いている。

「新しい生徒会長です」

久瀬先輩が満面の笑みで挨拶する。

「改めてよろしくな」

「はい」

本当に大体の活動をよろしくと寄越してしまう会長の言葉は重みが違う。

前生徒会からの引き継ぎ作業も大体終わって、新しい生徒会としての活動が今日から始まる。

私と燈子も正式に役員として数えられるようになった。

「燈子がそのまま生徒会長になればよかったのに」

「またまた」

久瀬先輩が冗談と決めつけて手を縦に振る。特に冗談のつもりはないのだけど。

五月、連休明け。新学期開始から早々に開かれた生徒会長選挙で、立候補した久瀬先輩は会長に当選した。普段はほとんど生徒会にも顔を出していない人がわざわざ会長になろうと手を挙げたのは、内申等々に関わる分かりやすい動機なのだろう。この先輩はそれを隠しもしない。

まぁ、反響の大きさから久瀬先輩が勝つだろうと思った。主に燈子のお陰で。選挙活動の手伝いとして追随した七海燈子の方が、立候補者本人よりよほど周りに注目されていた。燈子は私も視線を多々貰《もら》っていたと言っていたけど、関心がなかったのでいまいち感じ取れなかった。

とにかく、久瀬先輩自身の立候補の動機なんて、誰も真面目に受け止めてはいなかったように思う。

でも、そんなものだろう。

極端なことを言ってしまえば、生徒会長が誰であっても高校での活動に劇的な変化はない。いい加減な生徒会長であったとしても個人の悩みは増えないし、そして有能であっても減りはしない。生徒会に個人の日常に干渉できるほどの大きな力はなかった。

だから、誰でもいいというなら、大きな関心を持つことは難しい。

その上でどの候補に投票するか決めるとしたら、もっとも大事なのは印象。かっこいいとか、綺麗《きれい》とか。雰囲気がいいとか、それこそ名前が面白いとか。

そして立候補者の活動の側に、目を奪われるほどの美人がいた。

それは、投票の決め手に足る印象の強さだと思う。

……と、私は考える。久瀬先輩が会長になれた理由を、そう捉えていた。

「今年入ったのは結局二人か」

「働き者が二人も入ってくれたから十分よ」

先輩が私と燈子へ順繰りに視線を送る。

「来年になったら一人紹介できるんだけどな。まぁそいつがこの学校受かったらだけど」

「久瀬会長の後輩？」

燈子と顔を見合わせる。会長の脳天気な顔が隣にもう一つ浮かぶだけだ。

「期待はしなくてよさそうね」

私の感想に燈子が曖昧に笑う。燈子は人当たりの良さを崩さない。

なるほど、会長に向いていそうだと思った。

「沙弥香ちゃんや燈子も、後輩がいるなら声かけとくと来年楽できる……かもね」

先輩が忠告してくる。そう言う先輩はアテがなかったのだろうか。

いたとしても生徒会に誘って色よい返事は難しそうだ。

それこそ久瀬先輩みたいに、内申目当てで誘うようでもないと乗り気にはならないかもしれない。燈子が私を喜んでくれた理由も、今頃少し分かった。

「私は後輩とあまり話さなかったから……沙弥香は？」

「中学校は友澄だったから、こっちに来る子はいないわね」

小学生の時の友達なんて、もっと印象が薄いし……会っても思い出せるかどうか。

一人、忘れることができないのはいるのだけど。そっちは、向こうから無視してきそうだ。

「友澄？　中高一貫の？」

「ええ」

知っているのなら、どういう学校かも分かっているだろう。

中高一貫で別の高校を選ぶのは珍しい。

どうしてこっちに、と燈子が雰囲気で疑問に思っているのが分かる。

「電車通学が面倒だったのよ」

親に使った嘘《うそ》をそのまま流用した。そして、それを覚えておこうと思う。

その嘘《うそ》にいつか綻びが生じないように。

「そうなんだ……」

燈子の流すような短い反応は、どこまで察しているのか。

でも燈子は私の嘘《うそ》に気づいたとしても、深く踏み込んでこない。逆も然り。

お互いに巣穴から顔を出すだけの付き合いで、このままでいいのかと焦りにも似た疑念はある。私が、燈子とどうありたいか。燈子との間になにを望むのか。それ次第では、いつまでも動かないというわけにはいかなかった。

会長と二年生たちが話していて、お茶を用意するなら全員の分をという雰囲気がある。

こういう場合、下級生である私か燈子が動くのがいつものことだけど別に当番があるわけではなく、なんとなくやついでで動く方は決まる。

「お茶淹《い》れは、ジャンケンで決めましょうか」

「えっ」

別に私がやってもよかったのだけど、燈子と少しそんなことがしてみたくなる。

友達らしいことを、してみたくなる。

それくらいの気持ちだったのだけど、燈子の反応が思いの外大きい。

声にまで出したのが自分でも意外だったのか、燈子が取り繕うように説明する。

「いや、私ってジャンケン弱いから」

「そうなの?」

そもそも強い弱いなんて、あるのだろうか。

「うーん……見た目に分かりやすいのかな」

握りこぶしを緩く振りながら、困ったように笑う。ごく自然に見えるその態度に、しかし装っているとどこかで感じてしまうのはなぜだろう。やっぱり、最初の驚きのせいだろうか。

「弱いと聞いたらぜひやってみたくなるわね」

私は敢《あ》えて、燈子のそうした振る舞いに乗っかる。燈子が、隠すことを望むなら。

「意地悪」

燈子は少し嬉《うれ》しそうに口もとを緩ませて、握ったままのこぶしをゆるゆると前に出す。その燈子の手元や肩を観察しても、どんな手を出してくるかなんて見えてこない。

瞳の中にパーやグーが描かれているわけでもないし、まったく分かりやすくない。七海燈子は、分からない。

こちらも手を突き出して構える。

始まる直前、燈子は自分の手を、ぼんやりと見つめていた。

「じゃん」

燈子の腕が力なく上下する。

「けん」

燈子の腕が力なく上下する。

「ぽん」

出した手は私がパーで燈子がチョキだった。

勝……ってない。じっくりと眺めて確認してしまったけれど、私が負けている。

「弱くないじゃない」

弱いというのは謙遜だったのだろうか？　今きっと、私はもの凄《すご》く格好がついていない。

燈子の目は、私の開いた指先を凝視している。

「うん……いや、沙弥香がもっと弱い？」

「酷《ひど》いことをさらっと言うわね……」

勝ったにしては、燈子のチョキはあまり指が伸びきらないで、中途半端だった。

燈子が手を引っ込めて立ち上がる。

「紅茶でいいよね？」

「え？　負けたの私よ」

「考えたら、前にお茶淹《い》れたの沙弥香だから。連続なのも申し訳ないなって」

あはは、と燈子が軽快に笑って湯沸かしポットの方に行ってしまう。

なんの意味が……と残った私のパーが行き場を失って宙に留まる。

手伝いに行こうか迷ったけれど、今は燈子の様子を観察することにした。

お茶を用意する燈子の後ろ姿に淀《よど》みはない。てきぱきと動いていて、でもむしろそれは意識と切り離された、機械的な行動にも見えてくる。燈子の意識は今、なにと向き合っているのだろう。いつもと同じようで、けれど微細になにかが違う。

ジャンケンに妙な思い入れがあるなんて、なかなか珍しい。

でもそこに注がれるものを、燈子は誰にも見せるつもりはないようだった。

きっと、色々ある。……そんなことは、誰にでも分かる。

私はその色々を、燈子と共有したい。

そのためには一体、なにが必要なのだろう？

信頼？　友情？　それとも、愛情？

取りあえずそのどれもが、一方通行では成り立たないことだけは私も知っていた。

ややあって、燈子が全員分の紅茶を用意して戻ってくる。会長含めた二年生の前にカップを置いた後、私の側に来る。燈子がいつもの笑みと共に、カップと湯気を私に届ける。

「ありがとう。次は私がやるから」

「あはは……ジャンケンの意味ないね」

燈子の顔が左右に緩く振れた。返事は、私に向いているようで宙をさまよっていた。

椅子に座り直して、前髪を掻《か》き分《わ》けるようにして額に手を添えた燈子が、大きな溜息《ためいき》を漏らした。それまでの態度からほんの僅か、気が緩んだように。

きっと、燈子にいつも注目しているような人間でなければ見逃してしまうような、小さな隙。

それを見て、燈子がなにかを隠そうとしていたのを確信する。

そんなことが、あった。

そうして、燈子を気にかけながらもその日は黙々と、割り振られた仕事を済ませる。

「沙弥香、ちょっと話があるんだけどいい？」

引き継いだ資料に関する片付けを済ませてから、燈子が声をかけてくる。いつも通りの燈子が笑っていた。……なんだったのだろう？　なんにせよ、この方が接しやすい。

「いいわよ」

燈子の誘いを断る方法が私にはない。二人して生徒会室を出る。

燈子が案内するのは、生徒会室裏手のベンチだった。普段は誰も来そうにないベンチなんて、便利なロケーションがあったものだ。壁一つ越えただけで、燈子と二人きりになれる。

ベンチを払って、スカートを揃《そろ》えながら座る。それと周りに少し気をつける。

以前、生徒会室の付近で蜂が飛んでいるのを見たからだ。蜂には刺されたことがなくて、だから尚《なお》のことその痛みを怖がってしまう。あと、あの羽ばたく音には焦《じ》らされて苦手だった。

「この間とは反対になったね」

ベンチについた順番と、招いたそれを含めて燈子が笑う。

この間、と振り返って曇り空を思い出す。確かに座る位置が反対になっていた。

変わらないのは、お互いの距離。

「たまには町に出てお茶でも飲みながら話した方がよかったかな」

燈子が言い出したのは、日陰に位置しながらも、肌が暑さを感じているからだろうか。初夏の始まりが降り注ぐようになり、木々に覆われたこの場所に涼風は訪れない。

「それはまたの機会にお願いするわ」

燈子と放課後を過ごす時間が増えるなら、話と遊びを分けた方が嬉《うれ》しい。

「それで、話って？」

燈子がなにを話そうというのか、予想は三つほどある。どれが該当するだろう。

まったくの予想の外だと対応が難しい。

燈子は私を一瞥《いちべつ》して、そして目を逸《そ》らすように前に向く。

「聞いてみたかったんだけど、沙弥香ってファーストフードとか食べたことある？」

「…………………………」

整理されていた過去がぐるぐると巡る。

怒る前に、息を抜くように笑ってしまった。

「前にも同じことを聞かれたわ」

「あら」

「私、そんなにお嬢様に見える？」

「見えるよ」

燈子の方が、と言いかけたけれどそういう目で観賞するように確かめると、違うな、という気になる。燈子の外見は洗練されているけれど、高い場所にあるとは感じない。親しみやすさ、人当たりの良さとでもいうべきものがある。……私にはそうしたものが欠けているのだろうか？

「そう……家族の教育と習い事の成果ね」

前の燈子との話でもないけど、環境が私をそう育てたのだ。

その環境は与えられたもの。私を子供から大人まで見守る揺籃《ゆりかご》。

誰かがいなければ私は始まらなかったのなら、否定するわけにはいかなかった。

「習い事……生徒会選挙のあれも？」

「ええ」

習字の稽古の賜《たまもの》として、久瀬会長の姓名を大々的に書き上げた。

「来年、燈子が選挙に出る気だったらまた私が担当するわ」

七海燈子。きっと私は仕上げる前に、家で何度も練習するのだろう。

「頼もしいな」

燈子がお世辞でもそう言ってくれて、習った甲斐《かい》があったというものだ。

他の習い事もいつか、こうして些細《ささい》なところでその意味が生まれてくるかもしれない。

そこは、とても楽しみにしている。

目を瞑《つぶ》っていた燈子が開いて、グー、チョキ、パーと一つずつ描く。

「ジャンケンでつい出しちゃう手ってあるよね」

「……そうね」

さっきの、と思い返しながら同意する。私は先程、深く考えないでパーを出した。

まるで燈子の手を求めるように。

「ジャンケンの手を相手に合わせて変える人は多くないんじゃないかな。自分の出したい手が最初に出る。私は、チョキ。チョキが咄嗟《とっさ》に出ちゃうけど、なんでだろう」

チョキー、と人差し指と中指を立てる。その指の間を燈子が覗《のぞ》くように見つめる。

私にはなんでと聞かれても答えようがない。専門的な人なら説明できるのかもしれないけれど、多分燈子が求めているのは科学ではない。燈子はゆるゆると、他の指も開いていく。

「そっか。私は、さっきパーを出さないといけなかったんだ」

燈子が一人で納得してしまう。その横顔に浮かぶ笑みは多分に自嘲が混じっていた。

「なんの話?」

「ううん、気にしないで」

燈子が手をしまうように引っ込める。

「それは、難しいわ」

こんなに思わせぶりにされたら。教えてくれないのなら、もっと深く、人の目につかないところにしまっておいてほしい。これ以上燈子のことを意識するようになったら、また勉強が手に着かなくなってしまう。どの要素においても、燈子から離れてしまうのは避けたい。

「ごめん」

燈子に謝られてしまう。いいわよなんて物分かりよく返すことができなくて、返事は有耶無《うやむ》耶《や》になる。そうして無言が続くと、羽虫の音が幻聴めいて迫ってくるようだった。

「沙弥香の家の庭ってこんな風に見える?」

正面の景色を眺めながら燈子が質問してくる。

「こんなに落ち着かない感じはしなくて、もっと整っているわ」

「落ち着かない……」

「猫も時々出てくるし」

燈子が食いついてきた。猫好きらしくて、共通の好みがあって安心する。

「猫いいねっ」

「いつか、沙弥香の家の猫に触りに行きたいな」

「それは、いつでも歓迎してるけど」

そろそろ、こちらから向き合った方がいいみたいだった。

「……話しづらいこと？」

本題になかなか入らないのでその空気を推察してみる。

七海燈子はいつも振る舞いに自信があって、物怖《ものお》じしない。人当たりの良さもあってそんな印象を抱くけれど、戸惑いや躊躇《ためら》いも人並みにあるのかもしれない。……人並みってなんだろう。燈子を人間以外の高尚な生き物だとでも思っていたのだろうか。

ああでも、入学式に見て心を奪われた燈子への感情は、それに近かったようにも思う。

自分の先を、歩き続けてくれる人。

「んー、そうでもないけど。でもちょっと変わった話に聞こえるかもしれないなって」

「変わった話……」

燈子の中での変わっているというのは、どういったものなのだろう。

それが知れるいい機会かもしれない。

そして相手が変わっているのなら、こちらは真《ま》っ直《す》ぐなくらいで釣り合いが取れるだろう。

「それなら、真面目に聞くわ。真面目になるのは、得意だから」

取り組むと決めてからの物事への姿勢は一貫できると自負している。

燈子もそうした私の態度を受けて、表情を綻ばせた。

「沙弥香のそういう真《ま》っ直《す》ぐさ、好きだよ」

「ありがとう」

気軽に好きだって言われても、心が風に吹かれた紙のようにばたばた暴れるだけだ。

「ただそんなに深刻な話じゃないんだけどなぁ……」

燈子に苦笑されてしまう。強い風に抗《あらが》うように反り返る木々を連想する。

もう少し、肩の力を抜いた方がよかっただろうか。

燈子が握りこぶしを膝の上に置きながら、私を見る。

「生徒会に入ってやりたいことがあるのか、って前に聞いたよね？」

その話か、と思い浮かべた予想の二番目だけが頭に残る。

燈子は言った。

「私が生徒会でやりたいのはね、劇」

「……劇？」

聞こえたそれが正しい意味で理解できているのか、最初は自信なかった。

繋《つな》がりが見出《みいだ》せないその二つを結ぶように、燈子が強く肯定する。

「そう、生徒会役員主催での演劇。それを文化祭にやりたいの」

なんとも意外な願いだった。前置き通り、変な話でもある。

演劇がやりたいなら普通、演劇部に入る。でもうちの学校に演劇部ってあっただろうか。

「なんで、生徒会で劇なの？」

だからそこの過程が大事なのだろう。生徒会で、演劇をするというのが。

「以前は伝統的な出し物だったらしいから」

「ふぅん……」

以前というのがどれくらい前のことで、なぜそれを入学したばかりの燈子が知っているのか。

少し話を聞いただけでも疑問は浮かぶ。でも今は、燈子の話を最後まで聞くのが先決だろう。

「それを復活させたい？」

「復活ってほど大げさな話じゃないけど……でも生徒会に入ったなら、なにか大きいこともやってみたいと思わない？　動かないでいたら、二年間ずっと書類の整理で終わっちゃいそうだもの」

燈子が生徒会室をちらりと一瞥《いちべつ》する。確かに、生徒会に参加するようになってから選挙活動の手伝いを除いたら事務作業しか手がけていない。これからも行事が来る毎《ごと》に裏方的な作業はあるだろうけれど、燈子はそれで満足したくない、ということらしい。

「部活動で大会出場を目指すようなもの？」

「それに近いかな。やっぱり目標があった方が、やることを見つけやすいし」

燈子は努めて明るく、横顔はこだわりというものと無縁のように見える。

でも、本当にそうなのだろうか。

もっともらしいけど、どこか遠回りしているように思う。

目標が欲しいなら、始めから部活動に参加した方がいいと思うのは浅はかだろうか。

「それを沙弥香にも手伝ってほしいんだけど……どうかな？」

控えめな笑顔と声で、私の答えを窺《うかが》ってくる。

劇ね、と流すような感覚がまずあった。演劇なんて日頃関わりがないから、上る舞台は遠く、他人事《ひとごと》のまま辿《たど》り着《つ》けそうもない。そもそも生徒会と劇というものが、話を聞いたところでいまひとつ噛《か》み合《あ》わない。

明朗に希望を語る燈子の中では、どんな繋《つな》がりが生まれているのか。

そのどちらも、燈子はまるで大したことないように口にするけれど……本当はなにか大きな意味があるんじゃないだろうかと勘ぐってしまう。

燈子はその胸の内を明かすことを、弱さと捉えているのだろうか。

それとも、そこまでは親しくないから私には教えられない？

どちらにしても、歯がゆい。

ただ、燈子が恐らくは生徒会での目的を最初に明かしてくれたのは、素直に嬉《うれ》しい。

その素直な喜びが、私を単純な生き物にする。

色々知らなければ動けない、なんて言ってられない。むしろ知れば余計に動けなくなる。

臆病になっていく。

それなら、たくさんの不明瞭なことに目を瞑《つぶ》り、今、差し出された手を取ろう。

燈子が助けを必要としている。

それだけは確かなものだから。

「燈子のやりたいことなら、協力はするわ」

同じ生徒会の一員としても、友達としても。

もう一つの理由は隠しながら、燈子への協力を約束する。

……そう。私だって、秘密にしていることはある。お互いさまだった。

「ありがとう」

「でも演劇なんてやったことないから、酷《ひど》い役者になるかもしれないわよ」

「私も経験ないよ。だから一緒に練習しよう」

燈子が破顔する。安堵《あんど》するような、子供の影を含んだ顔つきだ。

文化祭なら様々な割り振りといった生徒会本来の活動も忙しくなるだろうし、そこに演劇の練習を追加したら目の回る忙しさになりそうだ。普段の生徒会にも顔を出さない久瀬先輩が、そんな手間のかかることを認めるとは思えなかった。

生徒会で劇、今の五人でやるとしたらと想像する。

私に燈子に久瀬先輩に……一体、どんな劇なら形になるのだろう。

裏方も必要だろうし人数が足りているとも思いがたい。

燈子の夢の道のりには、随分と困難が待ち受けていそうだ。

「確認したいけどうちに演劇部は」

「ないです」

協力も得られないと。

「それなら、舞台の道具を用意するのも一苦労になりそうね」

先生からの演劇指導も期待できないし、廃れたのはそのあたりに理由があるのでは、と考えてしまう。燈子はそれでも引くことはなさそうに笑顔を浮かべて、私を待っている。

私は、それに望む形で応えたいと思う。

だから。

「がんばりましょう」

演劇というものにはさして惹《ひ》かれない心を、燈子に捧《ささ》げることで奮い立たせる。

燈子はその答えに満足するように、柔らかく目を瞑《つぶ》った。

「沙弥香は心地良いね」

燈子が、恐らくは褒め言葉を私に授けてくる。

羽虫の音色を聞いた気がして、目を瞑《つぶ》り、身を固くしながらその表現を反芻《はんすう》する。

……心地良い、ね。

『都合がいい』という響きを含んでいそうに思えるのは、経験により生じた悲しい捻《ねじ》れだろうか。


中間試験を挟んで五月後半、衣替えも視野に入る頃。

六月には学校行事もなく、生徒会としての活動も落ち着いていた。

「あ、沙弥香は先に行ってて。ちょっと用事があって」

その日の放課後、燈子と一緒に生徒会に向かおうとしたらこう返ってきた。

「ふーん」

「なにその反応」

「また告白でもされるの？」

肩が分かりやすくびくっと揺れた。

「半分冗談だったのに」

二週間かそこら前にされたばっかりなのに、また次。雨後の竹の子の如《ごと》くだ。

燈子はどれだけ魅力的に見えるのだろう。語れるけど、共有したくはない。

「この調子だと全校生徒から告白されるんじゃない？」

冗談と、微《かす》かな嫉妬を持ってそんなことを言ってしまう。

燈子が俯《うつむ》いて、考え込む仕草を取る。

「いつも断り方一緒だって噂《うわさ》になると困るな……」

「斬新な悩みね……」

「でも理由がその都度違うのもおかしいよね」

だから今日も同じ理由で断るのだ、と言外に語っていた。

それでいい、と口には出さないけど安堵《あんど》する。

……燈子は最初から断る前提でいるけれど、どんな人が好みなのだろう。

本当に全生徒から受けても、一切心動かないのだろうか。

それは、私でも。

「全校生徒ってことは、沙弥香もしてくれるの？」

考えていることと一致したためか、焦りそうになる。

「どうしようかな。断られるの分かってるものね」

嘘《うそ》でも心が歪《ゆが》み、偏るように痛む。

「分かんないよ。沙弥香の告白があんまり魅力的だったら」

燈子が冗談で夢を見せる。乗っかって、言葉を紡いで、届けたくなる。

でも現実に出てくる言葉と態度は、飛べもしない鳥のように空を仰ぐばかりで。

「そうね、他に誰も見つからなかったら……それもいいわね」

つま先立ちで今にも転びそうな嘘《うそ》に、なにも伝わらないでほしいと祈る。

燈子がそれに返す前に横槍《よこやり》が、或《ある》いは助け船が入る。

「じゃあ私もしよっかなー」

急に顔と声が割り込んできて今度はこちらがびくりとした。愛果が私の隣に顔を突き出している。その後ろではみどりが腰に手を当てて、呆《あき》れたように目を細めていた。

「返事分かりきってるんだからやめときなさいよ」

「えー分かんないじゃんねぇ」

愛果が燈子に同意を求める。燈子は笑顔のまますらりと断った。

「ごめんね」

「あ、終わった」

「だから言ったじゃない」

なぜかみどりの方が得意げになっている。愛果はまだ首を引っ込めない。

ぐりんと、こっちを向いた。

「じゃあ沙弥香にもしてみよう」

じゃあってなに。

「どうどう？」

愛果が無邪気に告白してくる。相手を選ばないと、本気にしたらどうするのだ。

そういう人間がいるというのは、愛果の想像の外なのかもしれない。

「ごめんなさい」

「わぁ」

愛果があまりやる気なさそうに仰《の》け反《ぞ》る。

「一日に二回もフラレたのは初めてだよ」

「そんな軽薄なやつはフラレて当然」

「ふむ」と愛果が顔をようやく引っ込めてから、みどりに振り向く。

「みどりは？」

「は、って聞かれても」

返事に窮するようにみどりが困惑して、それから「とにかく行こう」と愛果を教室の外へ引っ張っていく。

「行くって私は英会話クラブじゃないよ」

どこ行くのさ、という疑問の答えはないまま二人は消えていった。

騒がしくも軽やかに退場した二人に、燈子が感想を述べる。

「仲良いよね」

「ほんと」

よほど相性いいのだろうか。

「あ、呼び出されてたんだった」

燈子が教室の時計を確認して慌てて鞄《かばん》を取る。

「考えてみると呼び出されただけで、告白とは限らないよね」

燈子が希望的観測に縋《すが》るようにそんなことを言う。

「他の心当たりは？」

「ない」

燈子が早歩きで教室の入り口へ向かう。

「終わったらすぐ生徒会室行くから、待ってて」

鍵でも預けるように、約束の言葉が届く。

「待ってるわ」

小さく手を振って、見送った。

燈子を待てることに、小さな幸せを感じる。……すっかり、燈子に心を委ねてしまっていた。

私の心は燈子と繋《つな》がっている。燈子の小さな反応に心は躍り、燈子の些末《さまつ》な言葉に嵐が吹く。

燈子を待つために、生徒会室へ向かう足取りも軽い。

と。

道中、林の奥より声が聞こえる。耳の表面を軽くなぞる程度の、小さな息吹。

聞き取れるだけでおかしい距離があるのに、聞こえてしまう。

前にもこんなことがあった。あの時は記憶にない声だったから私は反応できなかった。

でも今日は違う。

校舎の角に来てより鮮明になる声に確信しながら、悪いと思っていても覗《のぞ》き込《こ》む。

その先にこちらを向いた燈子と、男子の背中が見えてすぐに姿を隠す。

やっぱり、告白の場面だった。

みんなここを指定するのか、とそんなことにも感心する。

「謝ることじゃないから」

男子が頭を下げることに、燈子が申し訳なさそうに苦笑している。既に告白を断ってしまった後らしい。それから男子が取り繕うように言葉を並べる。やっぱり自分では燈子に釣り合わないとか、身の程知らずだったとか。それを受けて、燈子は「そうじゃなくて」と制する。

「あなたがだめとかじゃなくて、釣り合ってないなんてわけもなくて、ただ」

燈子が別れに似つかわしくない、爽やかな笑みで男子に告げる。

「私は誰も好きになるつもりはないから」

その燈子の答えは男子を超えて、私にまで届くようだった。

最後にまた頭を下げた男子が去るのを見届けてから、燈子が大きく息を吐く。肩を落として、緊張を解くように。俯《うつむ》く燈子の唇が、もごもごと声なく動く。

『なんでかなぁ』と、ぼやいているように見えた。

やがて燈子も姿勢を立て直し、鞄《かばん》の紐《ひも》を肩にかけて去って行く。私はそれを見届けて、今の燈子をなぞるように息を吐いて脱力する。ゆるゆると目を瞑《つぶ》り、燈子の声を再生する。

「誰も、か」

校舎の壁に背を預けながら嘆く。安堵《あんど》と共に訪れる、矛盾するような寂しい響きだった。

私は、七海燈子とどういう関係を望んでいるのか。

分不相応にも思えるような、強い繫《つな》がり？

口にしようとすると、誰も聞いていないのに羞恥心で頰が熱くなる。

いつか、燈子にその想《おも》いが伝わってしまうと想像しただけで、目眩《めまい》がしそうで。

……燈子……。

「あ」

ハッとする。その燈子より先に生徒会室に行かないと。

待ってると言ったのだから。

校舎から離れて駆ける。体育の持久走で燈子が先頭を走る姿を思い出す。いやでも、さすがに歩くのと比較すれば私の方が早いはず。土の上をめいっぱい走るなんて、一体いつ以来だろう。息と肩に紐《ひも》をかけた鞄《かばん》を弾ませながら、生徒会室に先回りしようと急ぐ。

生徒会室が遠くに見えてきたところで、背後に足音を感じて振り返る。

ギョッとする。燈子が走ってきていた。ぐんぐんと距離を詰めてくる。もっと早く、と足を動かそうとして我に帰る。見つかったのなら、もう走る必要ないのではと。

減速した私を燈子が一気に追い抜く。燈子はそのまま生徒会室へ一直線することはなく、大きく弧を描いて反転した。息を切らす様子もなく私の前に戻ってくる。

「な、なにっ？」

「沙弥香が走ってるのを見たから、なにかあるのかなって」

立ち止まった燈子が、追いつき、追い抜いた喜びに満たされるように笑う。

「なにもないの？」

「ないわ」

「なにもないのに走ってたの？」

そうなってしまう。下手なことが言えないで沈黙していると、燈子は一度頷《うなず》いて。

「でもそういうときもあるよね」

燈子が納得してしまう。いいのかな、と消化しきれなかった嘘《うそ》の感触に戸惑う。

「沙弥香も用事でもあった？」

まだ生徒会室に着いていなかったことへの質問だろう。ええとか、ちょっととか、ごまかすための簡単な受け答えは浮かぶ。でも、躊躇《ちゆうちょ》なく嘘《うそ》を吐けるほど、欺瞞《ぎまん》に慣れていない。

私は正直に言ってしまうことにした。嘘《うそ》を吐《つ》くのは苦手だって自覚あるからだ。

「ごめんなさい、さっきまで燈子が告白されるのを見てた」

以前、こんな状況でどうするかと燈子に聞かれて、なにも言わないと答えた。

その時と矛盾する対応だけど、当事者になってみないと分からないものだった。

やっぱり私の心は、私のために、よりよくあろうと考えるものだった。

燈子は私の白状を受けて、振り返って、頬に指を添える。

「そっか。芹澤たちがいたのと同じ場所だから……物陰に隠れてた？」

潜んでいた場所も言い当てられる。首肯すると、燈子が前に向き直った。唇が尖《とが》ってやや渋い。

「人通りは少ないけど、生徒会役員には筒抜けかぁ。そのことをみんな知ったら、あの場所で告白しようって考えなくなるかな」

「そりゃあね……」

「とはいえ沙弥香には隠すようなことでも……あ、さっきの彼にとっては内緒にしておきたいか」

じゃあ秘密にしとこう、と燈子が人差し指を唇の前に持ってくる。

私も真似《まね》るように人差し指を添えるけど、なにを秘密にするのかはあまり分かっていない。

「声が聞こえたから、つい」

「ついかぁ。こないだ私もやっちゃったから、強く言えない」

燈子が悪戯《いたずら》を共有するように、子供っぽく笑う。時折、そうした幼い表情が見え隠れする燈子。その度に、私の目は彼女へのたくさんの想《おも》いと共に滑る。眩《まばゆ》くて直視できない。

「次に告白される時は、あそこに気を配らないといけないね」

「そうね……」

そんな心配が似合う七海燈子という存在に、圧倒されそうになる。

次、次と自分で口にした未来を燈子が訝《いぶか》しむ。

「あるかな？」

「あるに決まっているわ」

他人のことで、ここまで断言できることがかつてあっただろうか。

だってあなたは、七海燈子だから。


「今年やるとしたら、そろそろ提案して始めないと間に合わないと思うの」

燈子が世間話もそこそこに本題を切り出す。

「……生徒会劇？」

そう、と燈子が頷《うなず》く。ついでにお弁当をもりもりと食べる。意欲が迸《ほとばし》っているみたいだ。

「文化祭まで夏休みを挟んで四ヶ月しかないし」

「そうね……」

文化祭の出し物を四ヶ月前から準備し始めるなんて、大がかりすぎるようにも思える。

演劇部でもないから、練習の時間が必要なのは確かだろうけど。

「劇って?」

一緒に食べていたみどりが疑問を挟んでくる。今日は愛果と別々に椅子を用意していた。

「生徒会で劇をやろうって燈子が考えてるの」

「へぇー、楽しそう」

愛果は関係ない立場だからか、気楽に面白がる。一方、みどりは真っ当に首を傾《かし》げる。

「なんで、生徒会で劇?」

「色々あるみたい」

私も行き着いた疑問だけど、そのいきさつを調べていないので説明できない。

「最初は文化部が共同で出し物をやりたいって言い出したみたい」

燈子が代わりとばかりに口を開く。

「でもうち演劇部がないから役者がいなくて……そこで生徒会が役者をやるって参加したのが始まりらしいよ」

「へぇー」

経緯については今、初めて聞いた。燈子が自分で調べたのか、それとも誰かから聞いていたのか。それはさておき、他の部の協力も取り付ける必要があるとしたら、燈子の言うとおり時間が足りないかもしれない。

「劇かぁ。楽しそうだね」

「生徒会入る？」

燈子が笑顔で勧誘する。

「燈子と沙弥香もいるんだよね。んー、悩む……」

帰宅部の愛果が囓《かじ》りかけのサンドイッチを置いて唸《うな》る。

「言っておくけど、劇と関係ない時は雑事とか毎日やらないとだめなのよ」

みどりが愛果に忠告すると、「それはよくない」と愛果があっさり諦めた。

「私は時代劇なら見に行くよ」

みどりが英会話クラブとは嚙《か》み合《あ》いそうもない発言をする。時代劇、と体育館の壇上でカツラをかぶった私と燈子が斬り合う様を想像する。なんとなく分かっていたけど、私が斬られた。

「時代劇でもいいの？」

「いやぁそっちはあんまり考えてないけど……」

そうよね、と同意する。衣装の用意も大変そうだし。

「新選組とか見たい」

「人数がとても足りないわね……」

なにしろ役者は最大で5人だ。

愛果が遠い目をしてぽーっとして、それから私たちに疑問を投げかける。

「桃太郎って時代劇かな？」

「多分、違う」

そんな話を昼休みにして、そして放課後。

「まず問題は会長が生徒会室に来るかどうかね」

「来そうもないなら剣道部に直接向かって話そう」

燈子がやや足を速めながら決意を語る。その足取りと行動力に迷いはない。

真《ま》っ直《す》ぐ、減退もなく。それでいて、あまり前向きに感じられないのはなぜだろう。

「燈子って」

「なに？」

靴を履き替えながら、言うか少し迷った感想を伝える。

「意外と強引よね」

「そうかなー」

自覚がないのか、燈子は不思議そうに小首を傾《かし》げるのだった。

案の定、本日の生徒会室に久瀬会長の姿はない。

「今日は会長来られますか？」

「今日も来られません」

黒髪の先輩がおどけて返す。こちらはすっかり数にも入れないで諦めているようだ。

「なるほど……ではちょっと失礼します」

鞄《かばん》を置いた燈子が一礼して、入ってきたばかりの生徒会室から出て行く。

「あ、ちょっと仕事はー？」

「すみません、後で戻ってきてからお願いします」

同じく鞄《かばん》を置いて燈子に続く。残された先輩は「なにしに来たの」と頬杖《ほおづえ》をついて見送った。

初日から生徒会活動に誘われたこともあって、部活動の見学には出向いていない。だから剣道場へ足を運ぶのは初めてだった。体育館の一つ奥へ向かった建物に近づくと、何かを打つ乾いた音が聞こえてくる。ついで、床を強く踏みつけるような鈍い音。

燈子はそれに臆することなく、入り口に向かう。

一度目的が決まると、他を気にする素振りがない。……集中力が成すことなのか、或《あ》いは単に余裕がないのか。多分、後者なのだろうと思う。今の燈子は張り詰めている。

真《ま》っ直《す》ぐな線を、誰にも追いつかせないように引っ張るみたいに。

「あれぇ？」

道場に顔を覗《のぞ》かせると、久瀬先輩がすぐにこちらの姿を認めて、頓狂な声をあげる。練習の輪から離れて面を外す。そうして道場の入り口にやってくると、他の部員たちの注目を丸ごと担ぐように持ってきた。久瀬先輩は「あー、生徒会の役員ね」と紹介する。

「あれだよな、生徒会長ってこと時々忘れられてる」

愚痴りながら、久瀬先輩が額の汗を拭った。

「どうした？　今頃になって剣道部に興味持ったとか？」

「いえ、会長がまったく姿を見せないのでこちらから出向きました」

その流れ出す汗を生徒会活動に向けてくれたらいいのに。

「悪い悪い。でもほら、夏の大会近いしさ」

久瀬先輩はまるで悪びれることなく、頭の手拭いを外して首筋を荒く拭う。

長時間手拭いを巻いていたためか、髪型が崩れきっていた。

「それで、わざわざどんなご用だ？」

燈子と私は顔を見合わせて、うんと頷《うなず》く。そうして、燈子からその話を提案する。

「劇？　なんだそれ」

久瀬先輩が耳を疑うように訝《いぶか》しむ。生徒会劇についてはまったくの初耳だったようだ。

燈子が説明を続けると、段々と久瀬先輩の顔が険しくなる。

「俺たちで？　無理じゃね」

久瀬先輩が深く考えることなく否定する。燈子は当然、それもそうですねと呑《の》みはしない。

「勿論《もちろん》、私たちだけではないです。文化部の協力も得て、それで実現したいとは思っています」

「んー……いややっぱ無理だろー」

久瀬会長の表情は芳しくない。提案が唐突なのもあるし、乗り気でないのはすぐに見て取れた。正直私も、燈子が言い出したのでなければ反対に回っただろう。

「問題とやることが多すぎて、手が回らないよ」

「問題？」

燈子がやや硬い声で問う。自分が参加したくないという理由以外を言えるのかと怪しんでいたけど、久瀬先輩は意外にも饒舌《じょうぜつ》だった。

「まずそうだな、小道具の用意が大変だ。体育館の使用はどうにでもなるな、それはいい。それから劇って言ってもなにをやるかって話だ。ほらなんだ、脚本あるのか？」

「あ」

先輩にしてはもっともな指摘をしてくるので、驚いてしまう。

「脚本が書けるやつを見つけるだけでも大変だし、演劇部もないから誰も指導してくれないのばっかりなところになんの経験もないと来る。ちょっと無理があるんじゃないか」

言葉はやや厳しく、久瀬先輩の言に隙間がない。

この人が上級生で、生徒会長であると初めて意識する。

「と俺は思うんだけどねぇ」

否定続きで堅苦しくなったのを危惧してか、久瀬先輩が弱い語尾と笑顔で取り繕う。

「詳しい話があるならまた今度聞くよ。まぁ聞いても多分、俺は反対するけどな」

あまり練習から外れたくないのか、背後の様子を気にして久瀬先輩が話を纏《まと》めてしまう。

「じゃあな」と手を振って、早足で練習に戻っていく。ここから燈子が本気で説得にかかったら崩されそうだと警戒したのかもしれない。

その燈子はもう久瀬先輩と会話するより、別のことに気を取られている。

「脚本かぁ……」

指摘された不足について、思いを馳《は》せているのが分かる。

唸《うな》って入り口から動こうとしない燈子を押して、剣道場を後にする。

「生徒会長が反対だと、厳しいわね」

生徒会室への足取り重い燈子に付き合いながら、現状についてを話す。

「久瀬会長の言ってたことも間違いじゃないと思う。劇をやろうって言っても大変ね」

「そうだよね……昔の先輩たちは脚本どうしてたんだろう」

燈子が萎《しお》れている。いくら燈子でも、そういう方面の才能はないのだろうか。

「うち文芸部あったかな」

「あるわよ」

部活紹介で見ていた覚えがある。燈子が少ししゃきっとする。

「脚本、頼んでみようか」

「それがいいと思うわ。でも、今から頼んで秋までに出来上がるかは怪しいわね」

夏休み中に作業に没頭してくれたら仕上がるかもしれないけれど、そこまで協力的な相手を見つけるのがそもそも無理かもしれない。……もっとも、燈子が熱心に頼んだらつい心が動いてしまう人はいてもおかしくないけれど。

「やっぱり、自分が会長になってから提案するべきだったかな」

自信に基づいているようで、それなのに口ぶりはどこか他人事《ひとごと》めいていた。

「そうね。会長が言うならまた違った反応にはなると思う」

賛成か反対かは分からないけど少なくとも、その言葉に向き合ってはくれる。そして場を動かしていくこともできる。今は会長が反対なら、正直なにも動かすことはできない。

「でも来年、私が会長になれる保証もないよ」

だから今年から動いて、叶《かな》うならば実現したい。それが燈子の本音なのだろう。機会はあるようで少ない。今年と来年だけだ。文化祭以外で、劇のために生徒会が活動するわけにもいかないだろうし。

「燈子なら大丈夫」

「簡単に言ってくれるなぁ」

燈子が苦笑する。気休めとでも取られたかもしれないので、ちゃんと話すことにした。

「本当にそう思ってるもの。あなたが今のまま真《ま》っ直《す》ぐ、怠ることなく伸びていけばきっと自分の望む場所にいける。燈子にはそれだけの力があるから」

七海燈子。教室で眺めていれば、できないことなんてなにもないように見えていた。

勿論《もちろん》、それは彼女の実情が見えていないだけだ。

行動を共にしてみれば、こうやって壁にぶつかることもある。

でもその壁を越えて、私の先を歩いてくれるという期待を持てる。そんな人だ。

「私の望みか……」

そう呟《つぶや》く燈子の微笑になにが込められているのか、今の私には分からない。

いつか、それが共有できたらいいとは思う。

燈子の望むものを当たり前に差し出せる自分でありたいと思う。

でも今はできないのだから、私の言葉で向き合うしかない。

「燈子の夢は分かったわ。それは、今年絶対に実現しないと納得できないもの？」

気づけばお互い、足を止めていた。背景の木の枝が緩慢に揺れる。

待てるのなら。

「一年かけましょう。まだ私たちには時間があるから」

なにもしなくていいわけではないけれど、時の流れが解決してくれることもある。

この高校に来るまで、私は色々と決意をしていた。

後ろ向きに思えるものばかりだった。

それが燈子を一目見て、その側にいるだけで。

こんなにも簡単に、振り切ってしまうことができた。

応える前に、燈子が確認を挟む。

「沙弥香の一年を貰《もら》ってもいいの？」

「構わないわ」

燈子に寄り添える一年であるなら、それ以上の望みはない。

……叶《かな》うなら。一年ではなく、もっと遠い日まで。

燈子は爽やかに笑みを浮かべて、私も笑顔で応える。

きっと、どちらも相手の本心に触れることができないまま。

「ありがとう。絶対、生徒会劇の実現にこぎつけてみせるから」

「ええ」

「そのためには……よし、生徒会室に戻ろう」

先程までとうって変わり、燈子の足は軽快に前へ進んで、意識して並ばないと追いつけないほど早い。

良くも悪くも、私は燈子に引っ張られていく。

自分の先を歩いてくれる人に出会えて、私はとても楽になった。

やるべきことが見えてくると、安堵《あんど》する。

特別目標もない高校生活の中でなにを維持していけばいいのか、はっきりしたから。

燈子は私に、頼れる仲間を求めている。

そしてそれに応えている間は、その隣にいられる。

私ならそれができると、信じる。

それはできると、信じている。


それからの燈子は、生徒会劇について会長に食い下がるような真似《まね》はしなかった。生徒会室でその話題を出すことはなく、今まで通りに仕事をこなしている。……いや、今まで通りというのは語弊があった。燈子はより、生徒会の活動に熱心さを向けている。来年の生徒会選挙を見据えて、自分の存在を校内に広めるためだろう。

それに加えて、各文化部を回って生徒会劇についての話も通して協力を取り付けている。今年は準備の時間が不足していること、生徒会役員が乗り気ではないことを認めて、来年こそは、と照準を絞っているようだ。

ただ時間があるとはいっても、それですべて解決できるわけじゃない。

来年、新規役員が来ないということはないだろうけど、今年の私と燈子みたいに二人しか入らなかったら更に人数が減ってしまう。人数の確保もしたいところだし、それと期待外れだったのは文芸部。今は読む方が専門で、書く方はさっぱりとのことだった。脚本の依頼はまたすぐに暗礁に乗り上げて、心当たりを見失う。

休み時間、廊下の壁に寄りかかりながら二人でぼぅっと、話し込む。窓の側で、やってくる日差しが首筋に熱い。行き交う声が左右から弾んで届いて、雑踏の中にいるみたいだ。

立ち止まっていると、大して早くもない人の足の流れさえ忙《せわ》しなく見えてくる。

「できればオリジナルの脚本でやりたいよね」

それが燈子の希望らしい。確かに既存の劇をなぞるのなら、脚本を一から準備しなくてもいいのか。燈子とは正反対のことに注目する。誰にも頼めなくて用意できなかったら、という状況も想定しておいた方がいいとは思う。色々と心配した結果、都合良く見つかった。それに越したことはなく、用意はムダになっても構わなかった。

「燈子は脚本書いてみないの？」

「え、無理無理」

燈子が即座に否定する。

「やってもみないで否定するなんて、らしくないわね」

燈子らしさとはなんだろうと問答し始めたら、それだけで一日が終わってしまいそうだ。

「いやぁ実はね……あれから試しに少し書いてみようとしたんだけど、駄目だった。出だしなんてまったく思いつかないし、ああいうのを書けるのってやっぱり特殊な人なんだよ」

燈子が最初は照れ混じりに、後半は失意を持って断言する。

「特殊な人、ね」

燈子ほど特殊な存在もそうそういないように思うけど。

「うん。だから文芸部に書ける人がいなくなったのも自然な流れだと思う。……なんて納得はしたけれど、どうしようかな……」

苦悩を抱える様を見せながら、ちらりと。

期待はしていないだろうけど、私に縋《すが》ってくる。

「沙弥香は習い事でそういうのやらなかった？」

「私が習ったのは字の上手《うま》い書き方で、組み合わせ方じゃないわ」

考えてみれば、文章というのは文字の組み合わせだ。日頃、私が書いている簡素な文章も、教師の板書も、有名小説家の著書も用いられている字は基本、同じなのだ。その組み合わせを変えることで美しさを得て、比喩を羽ばたかせて、高揚を促している。

そうなるとやっぱり、私には難しい。新しいものの発見というのは、向いていない。

「小説家志望の子とかいないかな……」

燈子が廊下をきょろきょろと見回す。見分けがつくような特徴はあるのだろうか。

今時の小説家志望は、きっと指にペンだこもない。

「そんなに都合良くいると思う？」

「いたらいいなって……」

燈子が半笑いで目を逸《そ》らす。でも、すぐこちらに戻ってくる。

「本屋で見張ってそれらしい本を買う子を誘ってみるとかどう？」

燈子の咄嗟《とっさ》の思いつきは、子供じみたものが多くて呆《あき》れたり、微笑《ほほえ》ましかったりする。

「毎日本屋にずっと居座るの？」

「本を見ているのは好きだから退屈しないね」

「生徒会の活動をしなさい」

「ごもっとも」

さすがに冗談だったみたいで燈子もすぐに諦める。その燈子に、忠告する。

「小説家を目指している子がいたとしても、あまり人には言わないと思うわ」

「どうして？」

常に自信を振りまくような燈子には、分からない心境なのかもしれない。

「高いものを取ろうとしてずっと上を向いていると、変に見えるから……かもしれないわね」

そして周りに少し笑われるだけで、夢は萎《しぼ》んだりしていくものだ。

だからその胸の内を明かせると思える相手がいるなら、それはとても幸せなことだと思う。

燈子が横目で私を捉える。

「私も変かな？」

「燈子は一生懸命なだけに見えるけど」

贔屓目《ひいきめ》とかではなく、本当にそう見える。燈子は上を見ているように思えなかった。

直進しているはずなのに、まるで別の場所を見て歩いているようで。

危ういんじゃないだろうか、と時々思う。

「沙弥香もなにか夢はある？」

「私は……」

口ごもる。今見ている夢は、燈子と……燈子の隣にいること。

燈子の特別になること。

なるほど、確かに夢を語るのは気恥ずかしい。本人の前では取り分け、当然、一層。

「あまり考えたこともないわね」

「本当？」

燈子がやや前屈《まえかが》みで私を覗《のぞ》いてくる。

「今やるべきことが疎《おろそ》かになりそうだから、先のことは深く考えないようにしてる」

もっともらしい理由をうそぶく。

「沙弥香は現実的、でいいのかな？」

「聞かれても困るわ」

少し笑う。夢だって現実の一部に違いないのだから、現実的という言葉の意味は摑《つか》みかねる。なにをしていようと、なにを見ようと、私たちの前には現実しか広がっていない。

問題はそこでなにをするかだった。

燈子は劇の成功を目的に掲げている。それは、なぜ？

本人からは語られないそれを、私は、知っていいのだろうか。

「…………」

最初に、文芸部に相談に行ったときのことだ。


文芸部の活動場所は、音楽室の近くの空き教室だった。椅子と机は自分たちで用意したのか、今の教室で使っているものとは少し異なる。日差しを嫌ってか分厚いカーテンを引いていて、その影響で空気が埃《ほこり》っぽい。防音のためか音楽室からはさほど音が届かないけれど、グラウンドを駆ける運動部の号令は賑《にぎ》やかなものだった。

部員は六名いて、それぞれが本を片手にしていてなるほど分かりやすく文芸部である。

でも。

「ごめんね。うち、誰も書く方はやってなくて」

文芸部の部長にあっさりと断られて、燈子は内心、なにを思っただろう。

少なくとも表面上は友好的なままだった。

「普段はどういう活動してるの？」

「読んだ本の感想を発表し合うとか、そういうの」

「そっか……」

燈子は粘ることなく、「ありがとう」と言い残して、颯爽《さっそう》と部室を出て行く。

それに続こうとすると。

「今の七海さんか。見違えたなぁ」

端の席に座っていた文芸部員の女子が遅れて気づいたようにぽつりと呟《つぶや》くのを聞いて、首だけ振り返る。

その呼び方と表現が気にかかって、廊下に出てからも後ろ髪を引かれるみたいだ。

「文芸部は駄目だったかー」

廊下で燈子が嘆く。

「そうだよね。書くより読む方が簡単で楽しいものね」

「そういうもの？」

読む方にもさほど面白さを見出《みいだ》せないので、燈子の納得には共感できない。

ここで、合わせようと自分を変えていったのが中学生の私だった。

それを振り返って失敗だったと思ったときもあったけれど、実際はどちらが正しいのだろう。

どちらが、燈子に望まれているのか。

「どうしようかな。心当たりなんて他にさっぱりない」

「そうね……」

返事が掠《かす》れる。それよりも気になることがあって、結局、足を止める。

「ねぇ燈子」

「ん？」

「もう少し話を聞いてみたくなったから、先に行っていて」

切り出し方として不自然な点があるのは分かっていた。

聞くべき話なんて今の流れに見つけられなかったはずなのに。

なんの話を、と言いたげな燈子はしかし敢《あ》えてそれを口にしない。

「うん、じゃあ先に生徒会に」

「ええ。済んだらすぐに行くから」

いつも通り、互いに人当たり良く別れる。言いたいことは、他にもあるはずなのに。

燈子はなにか聞きたそうな素振りを見せていた。でも、言及してこない。

それは恐らく燈子自身にも踏み込んで欲しくないものがあるからこその気遣いなのだろう。

お互いに秘密を許せる間柄というのも、動きやすくはある。

距離を縮めないまま、ただ隣り合って歩くだけ。

どこまでも、変わらないまま。

文芸部の部室に戻る。

「ねぇ」

出ていった顔がすぐに戻ってきて、文芸部の女子がやや驚いたように仰《の》け反《ぞ》る。

「あ。えぇと……そう佐伯さん」

面識はないはずなのに名前を言われて、「そうだけど」と控えめに返す。

「え、わたしに用事？」

「そのつもり」

「まぁとりあえず、どうぞ」

持っていた本を閉じてから、女子が隣に空いた椅子を用意してくれる。「ありがとう」と遠慮なく腰かける。他の部員からすれば、なにをしに来たんだろうというところだろう。私も、燈子も。

「部活中に悪いわね」

「ん、まぁ今は本読んでるだけだったから。文芸部に興味持った？　わけじゃないよね」

質問を自分で答えて完結されても困る。正しいけれど。

興味が湧いたのはこの部ではなく、燈子だ。

「大したことじゃないんだけど……燈子の知り合いなの？」

先程の反応はまるで、昔の燈子を知っていたようだったので気になった。

当たり前だけど過去には、私の知らない七海燈子がいる。

関心に、微《かす》かな嫉妬も含んでしまう。

高校生になって燈子に会えたことは幸運で。でも、もっと前に会えていたらとも欲張りに思ってしまう。小学生の時に燈子と出会った私は、どんな人間になっていただろう。

明かすことのできない夢のような願望が、燈子と接する度に増えていく。

「七海さん？　小学校の時に同級生だったから。大分雰囲気変わってて気づかなかった」

「へぇ……」

小学生の燈子。今の姿を縮めただけのイメージになる。

ランドセルを背負っている姿は想像できない。

「どんな子だったの？」

興味本位で尋ねてみる。文芸部員は「そだねぇ」と下唇に本の角を当てる。

「地味だった」

「……意外ね」

今からではとても連想できない印象だ。

「大人しくてあんまり喋《しゃべ》らない子だったな。学校の成績もそんなによくなかったし、体育は鈍くさかったし。あ、私の方がテストの点数は大体上だったよ」

並べられていく感想を拾う度、それは本当に燈子？　と確認を取りたくなる。どこでなにが起きて、現在の燈子に行き着いたのだろう。途中で入れ替わりでも起きたみたいだ。

「どっちかっていうと、今はお姉さんの方に似てるかも」

「燈子のお姉さん」

「うん。一回か二回しか見たことないから、印象の話だけどね」

「ふぅん……」

姉がいるとは聞いたことがなかった。そもそも、燈子の家族について話をしたことがない。

お姉さんか。

燈子みたいな人だとしたら、会ったら好感を抱くだろう。

「あ、でも七海さんのお姉さんは……」

女子が思い出したように付け足して、途中で一旦止まる。続きが気になって、待っていると。

「お姉さん、亡くなったから」

「え……」

女子の唇の動きしか一瞬、見えなくなる。それくらいの衝撃はあった。

「事故って聞いた気がする。クラスでお葬式に行ったわけじゃないからあまり覚えてないけど」

「そうだったの……」

燈子の口からこれまで家族のことを語られた覚えがないのは、そこに由来するのだろう。軽々しい話ではないから、女子もすぐには発言しようとしない。その空気が引くのを見極めてから、努めたように明るい声で話題を少しずらしてきた。

「ところで、なんで七海さんのこと聞きたいの？」

「えっ」

なんでって、と咄嗟《とっさ》に上手《うま》いごまかしが出てこない。

私が思った以上に驚いてしまったためか、女子が半笑いになっている。

「いや仲良いみたいだし、本人に聞けばいいんじゃないかなって……」

女子がもっともなことを指摘する。こんな聞き込み調査みたいに、聞かなくてもいいだろうという。でも燈子に直接聞いても教えてはくれないだろう、身内が亡くなっているなら尚更《なおさら》だ。

それを周りから、足下を掘るように聞くのはいいのか？　と良心に訴えがある。

多分、よくない。でも知りたいから動いてしまう。

私はまだ燈子のことを、なにも分かっていないのかもしれないから。

「実は仲良くない？」

「そうかもね」

自嘲気味にそう言ってしまう。

「嘘《うそ》だぁ。いつも一緒にいる感じなんでしょ？」

「いつもってほどでも……そんな噂《うわさ》でもあるの？」

「噂《うわさ》ってほどじゃないけど、評判？　美人が二人並んでいたら絵にもなる、注目の的にもなるってとこ。それの片方が七海さんだって言うのは知らなかったけど、佐伯さんの方は知ってた」

「……なんで私だけ？」

「えっ」

ぎくしゃくと、今度は女子の方が驚く番だった。

「あっ」

続けて、本の表紙で口もとを隠す。

「まぁ色々と……」

女子がごにょごにょと言い訳めいた態度でなにか言っている。聞き取れないけれど。

「……まぁ、自己紹介が省けたからいいけれど」

とにかく私の名前を知っていたのは、噂話《うわさばなし》の関係らしい。

噂《うわさ》されるのは好きではないけれど、燈子といつも一緒か。

怒るべきか喜ぶべきか、難しいところだった。

あまり部活動の邪魔をするわけにもいかないので、用事を引き伸ばさずに去ることにする。

本を開きながら、女子が小さく手を振ってきた。

「じゃあね。その、また」

「ええ、ありがとう」

思いがけない話が聞けて、廊下に出てからもどこに行こうと行き先に迷う。生徒会室にすぐ向かうとは言ったけれど、行って燈子の前で平静を装いきる自信がない。取りあえず歩きながら、視界が半ば塞がったまま頭だけが加速していく。

目立たない燈子なんてイメージしきれないものを知ってしまった。教室の燈子はただ座っているだけでも異彩を放つ。それに魅せられて、灯《あか》りに群がる蝶《ちょう》のように人が集う。

私もその一人で、その中でも特別であろうとあがいている。

だから燈子のことをもっと知っていきたいのだ。だけれど。

「そういえば……」

階段を下りながら以前のやり取りを思い出す。

燈子が一段も二段も落ちる相手とは、ひょっとしたら姉と比較したのだろうか。

まるで七海燈子みたいな姉。私は知らないけれど、きっと優秀だったのだろう。

今の燈子みたいであるというなら。

燈子はひょっとしたらその、亡くなった姉に意図的に似せているのかもしれない。

それがなぜかは……いくつか想像はつくけれど、確信には至らない。

結局のところ、燈子本人から聞かないと分からないことだ。

燈子が生徒会劇にこだわる理由もまた、姉と関係しているのだろうか。

いつか知りたいと思ったことの、いつかが突然やってきていた。

もやもやを増やしたまま、生徒会室の前まで来てしまう。行くと言った以上、黙って引き返してしまうわけにもいかない。燈子が怒るということはないだろうけど、約束というのは破ればこちらだって傷つく。それが些細《ささい》な内容であったとしてもだ。

生徒会室に入る。いつも通り先輩は二人で、会長の姿はなく、そして燈子がいた。

「あ、沙弥香が来た」

書類とファイルを机に広げていた燈子が、パッと表情を輝かせる。

燈子はこちらとは無縁に、当然だけど、いつも通りだ。

「頼まれた仕事、分担してもらってもいい？」

「任せて」

なにかこなしている方が、考えすぎなくて済む。

鞄《かばん》を置いて、燈子の隣に座る。燈子は仕事が楽になったからか、機嫌が良さそうだ。

「沙弥香がいてよかったなぁ、って一日一回は思うよ」

「光栄ね」

いつかもそんな風に受け答えしたように思う。

普段なら内心、舞い上がるような賛辞なのに今はそこまでの余裕がない。

作業を開始しながら、その横顔を想《おも》う。

そつのない七海燈子。如才なく温厚。私の前を歩いてくれる人。

もしもそれが姉を真似《まね》しているのだとしたら、本当の燈子はどこにいるのだろう。

小学生の時に出会えたら、と考えはしたけど燈子が話の通りの小学生だとしたら、私は心惹《ひ》かれただろうか。あの頃は取り分け、意識を高く保とうとしていたから相手にもしなかったかもしれない。

じゃあ、今は？

燈子の完全さが着飾りだったら、私が今まで目を奪われていたものは、なんだったのか。

ファイルを捲《めく》る手は自動的に動いて、頭は別のことを器用に考えている。

生徒会と、燈子の姉。

調べれば答えは出てくると思う。でも、私の都合だけで調べ回っていいものか。

私だって、誰かに過去を執拗《しつよう》に探られたら不快だし、相応の態度を取る。

ああでもその相手が燈子だったら、私を知ろうとしてくれたことを喜んでしまうかもしれない。燈子が私をそんな風に思ってくれるかは怪しいけれど……思考が逸《そ》れている気がする。

とにかく、無断で人の過去を覗《のぞ》こうというのは悪いことだ。これは根底にあり、揺らぐことは決してない。

そこを踏まえて動くか、知らなかったことにするか。

「……………………」

ペンに添えた指に、力と熱が籠もる。

答えは、一晩二晩悩むこともなく分かりきっていた。

私が燈子にまつわることで、関心を捨てることなんて一つもない。

そんなことが、あった。


きっと私もそうなのだろうけど、過去は消えない。

人がいくら覆い隠そうとしても、雪が溶けるように現れてしまう。

掻《か》き分《わ》ける者がいれば、尚更《なおさら》だ。

教室内で、気づかれない程度に燈子を見る。燈子は、普段通りに黒板の方へと向いて授業を受けている。その姿を見ていても目は簡単に離せるし、艶を感じない。

今は、燈子をただ見つめていれば満たされるようなことはなかった。

混乱と、疑問が混じっている故に。


「……………」


あれから。

学校内を巡って少し調べて、当時から勤務していた教師の話を聞けば答えを集めるのにさほど苦労はしなかった。燈子とその姉、七海澪《みお》。そして生徒会劇の持つ意味。

小学生の燈子が研鑽《けんさん》を重ねて、今に至る理由。

結論として、私や学校の同級生が見ている普段の燈子は表向きに過ぎない。

芯からの自信も、気概も、そこにはきっとない。

燈子は多くの人を心地よく騙《だま》して、完璧を演じきっている。

今までの私もその一人だった。

でも今は、燈子を見ているとそこに生まれた影までも見えるようだった。

知ってしまった、という事実は既に私の中で過去となって消えない。

いつかの、試験最下位の燈子を好きになれるのか？　という疑問がまたここにやってくる。

燈子よりも自分のことが分からない。燈子に求めていたものが、燈子にないとしたら。

私は、燈子になにを見るのだろう。

などと悩みが尽きないところへ、それがやってきたのだった。

昼休みの終わり頃、自分の席に戻ってのことだ。次の授業のために用意しようと机の中に手を入れて、ノートと違う紙の感触を指先で受け止める。なにか入れただろうかと不思議に思いながら取り出すと、長方形の便箋が私の手の中にあった。

当然、私が用意した手紙ではない。

「これは……」

古典的ながら、まさか、と固まる。ぴし、と小さな衝撃が頭に降るようだった。

まずは手紙らしきものをそっと机の中に戻して、頰杖《ほおづえ》をつく。行儀が悪いなどと気にしている余裕はない。そうして顔を支えながら、目を瞑《つぶ》り、これは、と初めての経験を反芻《はんすう》する。差し出す相手を間違えていないだろうか、とまず思った。でも私から燈子の机は遠い。私、と動揺は静かな波紋となる。肌がちりちりとして、いつかプールに飛び込んだ日のことを思い出す。今ならまた飛び込んでしまいそうだ。そうしたら、その先に彼女はまだいるのだろうか。逃げるようにそんなことを思い返して、でもいつまでもそうしてはいられなくて。

燈子のこともそうだけれど、私は、知ろうとしてしまうらしい。

知らないことが増えるのは、納得できない性分みたいだ。

火急の用件だと困るので、授業が始まってからこっそりと手紙を取り出し、封を開く。携帯電話が当たり前の時代に古風な、と一瞬思ったけれど恐らくこの差出人と私の電話は繫《つな》がらない。そして古い手段が不正解とは限らないのだ。長く続くということは、そこになんらかの意味と価値があると思う。

青白い色合いの手紙を、上から下まで拝見する。

正直なところ、字はそこまで綺麗《きれい》な方ではない。

「……………………」

手紙の内容は概《おおむ》ね予想通りで、放課後に校舎裏で待っているというものだった。差出人の名前は恐らく男子のそれなのだけど、顔がピンと来ない。クラス内にいるのだろうか、と授業中なので控えめに見回す。昼下がり、眠たげに背を丸めたような男子の背中を次々と追っていくけど名前が書いてあるわけでもないので特定はできるはずもなかった。

読み終えた手紙を机に隠しながら、好きとはっきり書かれていたそれを残像のように目に焼き付ける。

告白される側になるのは、初めてじゃない。

でも、慣れているわけではないのだった。

前と同じように授業が頭に入らないまま、放課後になる。私の葛藤なんて当たり前だけど共有していない燈子は、いつものように私の机へと寄ってきた。

いつもと違う意味で落ち着かなくなる。

「沙弥香？」

用意もせず、立ち上がりもしない私に燈子が首を傾《かし》げる。

「今日は……未定ね」

答えを濁す。それも溜《た》めがあって、変な言葉選びになってしまう。

「あ、家の用事？」

「そういうのじゃないわ。終わったら、すぐに行くから」

言ってから、いつかの燈子と同じ理由で、察してきたらどうしようと手首の脈がざわつく。

「そっか。じゃあ先に行ってるね」

燈子の反応もまた、以前と同じく表面的に感じられた。

そう、日頃見ている七海燈子というのは本当に表面的で……。見送りながら考え続けていると、いつまでも椅子から離れられない。でも、今日は本当に用事があるのだ。

告白を、断ってくる用事が。

男子に告白されて、応えるつもりはなかった。

いや今なら相手が誰でも、断りに行くことになる。それは気が重くなる決定だった。

燈子に見つからないよう、少し時間を置いてから生徒会室への道を進む。途中で少し逸《そ》れて、まさか私一人で来る機会があるなんて思っていなかったけれど、その空間へと向かう。既に人影は木の枝に紛れるように一つ伸びていた。

「あ」

男子が早々に私を見つけて、緊張からか変な足運びで左右に揺れた。

「こんにちは」

その挨拶が適切かは分からないけれど、まずはとご挨拶した。待っていた男子の方も「こんにちは」とぎこちなく返してくる。クラスでは見ない顔だった。恐らく。

童顔で、撫《な》で肩《がた》。手足の細さがやや目立つように見える。

「遅れてごめんなさい」

「いや、放課後ってだけで時間は指定してないし……してなかったよね?」

男子の声が上擦りそうになっている。私より背が高いのに、見上げるかのように腰と膝が曲がりかけている。呼び出しの手紙には私を慕う旨も記されていて、事前に相手の気持ちを知っているというのも気恥ずかしい。私をそういう目で捉えている相手と向き合わないといけないのだから。

「手紙の返事については、まずごめんなさい」

最初に、一番大事なことを伝えるべきだと思った。

男子が中腰めいた姿勢のまま固まり、唇だけがかさかさと動く。

「あ、うん……えぇ……はい」

男子は行き先のないような声を短く、ぽろぽろとこぼす。ややあって背と膝を伸ばして、腰に手を当てて、でもやっぱりぐにゃりと胴が曲がりそうになっていた。

「えぇと……話が終わっちゃったな」

男子が困ったように目を逸《そ》らす。耳が赤くなって、血と困惑の巡りを示していた。

電話を切るときにも似た、お互いの微妙な空気の一致。

私からじゃあさようならと去ってしまうのも、乾燥しきっているように思える。

「好きな人がいる？」

男子が確認するように質問してくる。

数日前の私なら、素直にいると答えた。

「分からない」

今の心境を素直に吐露する。ありもしない燈子を好きになっていた気もするし、でもそれだけなら今こうして悩むこともないように思えて、心の落ち着く場所が見つからない。

「気になる人とかはいる、みたいな？」

「多分、そうね」

これまで交流のなかった男子にそこまで明かす必要があるのかも分からない。

ただ、巡っていた悩みを吐き出したかっただけなのかもしれない。

「一つ聞いてもいい？」

今度はこちらから質問をぶつけようと試みる。男子は肩を強《こわ》ばらせながら、首を窮屈そうに振る。

「あなたは……今こうしている私が、その……好きなのよね？」

「はい……はい」

「どうも」

ぺこりと一礼する。

「いえいえいえいえ」

男子が畏《かしこ》まるように何度も頭を下げる。

「私のどこが好み？」

えっ、と男子が顔を歪《ゆが》める。両腕も中途半端に宙をさまよい、溺れるようだ。

「なんかそういう……むず痒《がゆ》い苛《いじ》め的なやつかなこれ」

「無理に答えてくれなくてもいいけれど」

いや、と男子が手首から先を左右に振る。

「この際だから言っておくけど、顔。とにかく、一番は顔……うん。顔がいい」

しみじみと頷《うなず》くような男子の物言いに、笑いそうになる。

私が燈子を最初に好きになった理由とまったく一緒だったからだ。みんな、そうなのだろうか。柚木先輩だって……小学生の時に出会った、あの子だって。

それならば。

「じゃあ、この顔が見せかけだったら？」

「……え？」

「たとえ話。今のこの顔が、過去を隠すためのような作り物だとしたら？」

そうだとしたら、どうするのか。

私の中で解決しきれないものの答えを、外に求める。

名前も顔も今初めて知ったくらいに過ぎない、同級生に。

そこまでの期待はしていなかった。

でもその男子はとても真剣そうに悩む素振りを見せて、そして。

「昔がどうだからって今が否定されるわけじゃないし……逆に今がいいから、昔がなかったことになるわけでもないんだけどさ。繋《つな》がりなんてあるようでないから、今こうしてるのが全部だし。今綺麗《きれい》なら、今は好きなんだ。そう言うしかない」

「…………」

そこには思っていた以上に、答えに芯があった。

受け止めれば、ずっしり重さがあって、溶けきるまで見つめていたくなるような。

男子の方は耐えられなかったらしく、足踏みするようにまた挙動不審にさまよう。

「まぁフラレたんだけどさ。フラレたんだけどさっ」

照れ隠しからか二度も勢いよく続ける男子に、どんな声をかけるか一瞬だけ迷った。

「ありがとう」

答えてくれたことに、礼をもってする。

好きになってくれたことへのお礼では、ないと思う。

「いや、こっちこそ。呼び出してごめん。その、それじゃっ」

そう言って、男子は足早に去って行く。林の方へ。どこを突っ切って帰るつもりなのだろう。

狭く暗い木々の隙間を抜けきる頃には、虫刺されが酷《ひど》いことになりそうだった。

「ごめんなさいの方が……いえ」

男子にかけるべき言葉に迷い、けれど、これで良かったのだと思い直す。

今が好き、か。

一人きりになり、指先に風が当たるように隙間を感じて。

手のひらをそっと重ねてみる。

両手は熱くも、冷たくもなかった。


そして、そのまま何事もないよう装って生徒会での活動に参加して、その帰り道。

「沙弥香の家には猫が三匹だったかな」

燈子が立てた指を三本ほど折る。

私の知らない猫が増えていた。

「二匹よ」

「そうだった。かわいい？」

「もちろん。小学生の時からの付き合いだし」

懐いてくれるようにはなったけれど、こちらから求めると逃げてしまうこともある。

その気まぐれさもまたいい。

「猫いいよねぇ」

今日どんなことがあったか分からないけれど、燈子は猫に飢えているようだった。

それなら、と口を開きかけて、でも言い切れないで止まる。

伝えられないまま正門まで来て、いつものように別れる。

伸びた影と一緒に帰路を行きながら、追ってくる後悔に背を叩《たた》かれる。

ここで家へ見に来るか聞けていたら、少しは燈子との仲も進展するのだろうか。

でもその後悔は、さほど長くは続かなかった。

同じ日の夜中、燈子とメッセージを送り合っている中で、サビ柄の猫が部屋に入ってくる。

機嫌がいいのか、椅子の周りをぐるぐると歩いてから私の足もとに寄り添ってきた。その背を撫《な》でつつ、ふと思い立って猫を撮影する。そして画像を燈子に送ってみた。

反応に、少し間があって、それから。

『触りにいっていい？』

「え……」

『家に？』

『他にどこで会えるの？』

それはまぁ、まさか猫を二匹抱いて外で待ち合わせするわけにもいかないけれど。

燈子が家に来る。様々な意味で生じる抵抗と期待が壁のように正面からぶつかってくる。

「いいわよ」

石を握りしめたように、返事が固い。

そして電話じゃないのだから口で言っても伝わるわけがないと、少し遅れて思い出した。緊張していることは、認めざるを得ない。

『じゃあ早速、明日で』

「早いわ」

やはり声では、伝わらなかった。

翌日、駅前で燈子と待ち合わせる。電車に乗る用事も普段はなくなって、駅に来るのも中学校以来だった。休日だから大丈夫だと思うけれど、あの人を見かけたら、と余計な心配をしてしまう。結果として燈子の方が先に現れて、心配は杞憂《きゆう》となった。

燈子は案内された私の家を正面から眺めて、「ほぅほぅ」と唸《うな》る……感心する？

門に、塀に、それから庭に。

「そんなに珍しい？」

「それはもう。あ、でも庭は沙弥香が言ったみたいに生徒会室の周りに似てるね。そんなのが普通の家の中にあるのも凄《すご》いけど」

燈子は物珍しそうに、木々の頂上を見上げては笑い声をこぼす。

そうして見学に付き合っていると、家から出てきた祖母とすれ違う形になる。祖母は私の隣にいる燈子を一瞥《いちべつ》する。

「友達かい？」

「はい」

「七海燈子です」

燈子が挨拶すると、祖母は切れ長の目でその頭を見つめて、それから会釈する。

「うちの孫と仲良くしてやって」

祖母が挨拶代わりにそう言って、門をくぐっていく。

その後ろ姿を眺めながら、燈子が聞いてきた。

「沙弥香のお祖母《ばあ》さんだよね」

「ええ、父方の」

「しっかりした人だったね」

「あれでも足腰は前より弱くなった方なのよ」

いつだって背筋がしゃんと伸びていた祖母にも、時間の変化は訪れる。

変化には良《よ》し悪《あ》しなんてなくて、結果だけがそこにあった。

家の中に入っても、燈子の「ほぅほぅ」は止まらない。壁や廊下にも感心している。

部屋に案内すると、「ほぅほぅほぅ」とほぅが更に増えた。

「猫とお茶、どっちを先にご用意しましょうか？」

「猫で」

燈子が即答する。「分かったわ」と、燈子を部屋に置いて廊下に出る。

部屋で燈子に見つけられて困るようなものはない……はず……と少しだけ不安だった。

祖父母が家にいないなら、と思いつく場所を回ってブチ猫を見つける。こっちの子でもいいよね、と抱き上げる。ブチ猫はまだ半分寝ていたのか、反応が鈍かった。

そうして連れて行くと、本棚を覗《のぞ》いていた燈子が色づく。

本棚、と背中がひやりとする。私の趣味にない本が端に揃《そろ》っているのを見ただろうか。見たところでなにかを察することなんてできないと思うけれど、分からない。

相手は燈子だ。そして燈子には、先輩のことを知られたいとは思わない。

「こんにちはっ」

腕の中の猫に燈子が興奮気味に挨拶する。猫は寝ぼけていた目を覚醒させながら首を引っ込めて、じっとしている。私が腕を開くとすぐに下りて、部屋の隅に逃げていく。燈子がくるくると部屋の中央で回ってそれを追いかける様に、ふっと、息を吐くように笑ってしまった。

燈子がじりじり猫に近寄っていくと、受ける猫は徐々に後退して一定の距離を保つ。

見慣れない燈子には警戒して、なかなか近づこうとしない。

後ろ足に重心がかかり、詰め寄られたらいつでも逃げ出す姿勢だった。

「告白する男子は次々やってくるのに、猫には逃げられるわね」

「猫界では不人気の顔なのかも」

燈子が冗談に付き合って苦笑する。猫の目線に合わせるように屈《かが》んで、燈子が友好の意を示す。こっちこっち、と手招きしている燈子を見下ろしながら、気怠《けだる》さに似たものに包まれて物思いに耽《ふけ》る。

色々と、思うところはある。

「…………………………」

だけど今、猫と戯れる燈子は美しい。

夢と現実が同じ地平にあるように、燈子も燈子だ。ここにいて、目の前に見える燈子が全てだ。着飾っていても、本質は臆病でも、そのどちらもが七海燈子だった。

偽者なんてどこにもいなくて、目に映る燈子すべてに心奪われて。

だから今、私は確かに彼女のことが好きなのだと確信する。

猫に逃げられた燈子が私の方を嘆くように仰ぎ見て、それから、笑う。

「なにかおかしい？」

「沙弥香が珍しく、緩い顔してたから」

そういう燈子の物言いも緩い。穏やかな空気がゆっくり、私たちの間を循環する。

通りすぎた春の日差しが蘇《よみがえ》るように。

「私、そんなに気難しそうにしてる？」

「うーん、真面目な顔をしてる」

どんな顔、と聞きたい。そして聞かれることを想定してか、燈子が付け足す。

「整って、それを崩さないようにして……無意識に努力してる顔」

燈子が逃げられた猫を追いかけながら、朗らかに言い放つ。

「そういう努力家なところが、私は好きなんだね」

気軽な好きは矢のように私を射抜く。不意を突かれて動揺さえ刺し貫かれて、静かに。

外に見えるものを維持する。

それは燈子もやっていることだろう。

燈子は私に、自分に似たものを見て親近感を抱いているのかもしれない。

燈子こそ、と言いたくなるのを飲みこむ。そして目を逸《そ》らす私は燈子の言う、真面目な顔になっているのだろう。

そう私は努力する。願いを叶《かな》えるために、当たり前に。

やればできる子だったから、昔から。

今、私のやりたいこと。

燈子の隣にいたい、どんな形でも。

喉の渇きを満たそうとするように、渇望が私を蝕《むしば》む。

「まさか、沙弥香の番が来るとは思わなかったな」

燈子がそんなことを言いながら登場するので、番？　と最初は首を傾《かし》げそうになる。それから目が動いて、周りの景色に気づいて、あっとなった。

生徒会室へ至る道の途中、少し逸《そ》れた林の向こう。壁と木々に挟まるような空間で、燈子と二人きり。シチュエーション含めて、呼び出した場所が場所だけに誤解されていそうだった。

少し前に告白された時まで思い返して、より焦る。

「いや違うのよ、そういうのじゃないの」

そういうのってどういうのと子細に尋ねられると困るので早口で押し切る。

「人目を避けるならここ、確かに便利だったのよ。慣れていない人でもあまり迷わないで来られるし」

逆に迷って入り込むような人もいそうだけれど。

「ふむ。私は呼ばれるばっかりで自分から誘ったことないから気づかなかったな」

燈子が感心したように頷《うなず》いている。変な目の付け所に少し笑い、張り詰めていた心に幾ばくかの隙間が生まれた。

夏休み目前の終業式の後、私は教室で燈子を捕まえてこの場所まで一緒に来ていた。

当然だけど告白のためではない。

……いや。告白みたいなものではあるのだけど、華々しくはない。

解放感に満ちた流れと熱が勢いを持って正門へ向かう中、私と燈子は蟬《せみ》に焚《た》きつけられるようにしながら向き合う。7月の自然の中ともなれば蝉《せみ》の鳴き声を避けることはできない。右から、音が大きな形を持って押し寄せてくる。髪が押さえつけられるように。

「そういうのだったらどうしようって思っちゃった。じゃあ、どういうの？」

かしこまったような呼び出しに、燈子が柔和でありながらもやや警戒するようだった。

話は長くはない。ならないし、そう、ならないことを、私は選んでしまう。

「…………」

夏休みを迎える前に、燈子に知ってほしいことがあった。

大きく呼吸を挟むと、大気の熱で胸の奥が生温《なまぬる》く満たされた。

この間、お姉さんのことを知ったの。

そうやって一歩、踏み込もうとした矢先だった。

「そういえば先週、告白されたんだけどね」

燈子が景色の奥になにかを見つけたように、そんなことを言い出す。

「……また？」

「うん、また。もちろん、前とは違う人」

先週というと、試験が終わってからすぐの話みたいだ。

夏休みに入る前に、という意思の表れだろうか。……私と同じように。

「本当に全校生徒にされそうね、今に」

「そこまで来ると気味が悪いかも」

燈子は好意がそこまで集うことをまるで信じないように、小さく笑う。

「それで、誰も好きにならないからって、また同じ理由で断ったんだけどね」

「ええ」

「その男子がね、言ってたんだ。今は好きじゃなくても、接して、色々なことをお互いに知っていけば好きになれるかもしれないって。……それを聞いて、まずそんなはずがないと思った」

燈子の何気ない否定は、私の唇の先を縦に引き裂くような刃となる。

「ああでも普通はそういうものなのかなとも思って」

やや早口になった燈子が投げるように言い終えて、それから、少しだけ顔を上げる。

上げて尚《なお》、その端正な顔には木々から伸びた影を纏《まと》っていた。

「もしそれが人を好きになることだとしたら、私は」

誰にも、好きになってほしくない。

実際に、そこまで声には出していない。

けれど言いきるように、言葉は力強く。

でもそこで燈子も気づいたのか、柔和な声が戻り、そして区切る。

「あ、ごめん。沙弥香の話を聞きに来たのに」

燈子が喋《しゃべ》りすぎたとばかりに口もとを押さえて、目線で謝ってくる。

「脱線して悪かったから、ここからはちゃんと聞くね。……話って？」

燈子に促されても、どうにもならない。

「そうね……そう。私の話は……」

意図したのか、それとも偶然なのか。普段と変わらない佇《たたず》まいで私の言葉を待つ燈子から、それを汲《く》み取《と》ることはできない。でも、そのふと思い出したような話は私の口や決意を塞いでしまうのに十分すぎるものだった。

理解と好意が繋《つな》がることを否定しようとした燈子。

その燈子に、今から、なにを言えというのか。

理解したことを、明かせと言うのか。

「燈子は……」

お姉さんみたいになりたいのか。

もしも聞いたら燈子は違うよ、と言いかねない。

燈子の装う完全さを踏まえると、みたいじゃなくて、そのものになりたがっている節がある。

……いや。違うよと答えてくれるならまだいい。

もしも、安易に踏み込んだせいで距離を置かれてしまったら。

それがなにより、嫌な汗を流させる。

広げようと思えば、いくらでも広がる。向き合える。

でも、姉のことを知ったというのはすなわち燈子が生徒会や劇にこだわる理由もすべて把握できたわけで姉の代わりに劇をやることで燈子になにが生まれるのかという点について今からお話ししましょう。

なんて言えるわけもなくて。

死んだ人のことを忘れないのは大事だけれど囚《とら》われてもいけないからもっと前向きなことを考えてできればその隣にも私がいたら嬉《うれ》しいし支えたいしそうしたいから一緒にがんばっていきましょう。

ということも口にできない。

私はたくさんのことを言いたいのに、言えないでいる。

……嘘《うそ》だ。

私は今、見栄《みえ》を張った。

私はたくさんのことを言えるのに、敢《あ》えて、口を閉ざしてしまうのだ。

自分のために、自分を守るために。

足踏みでもするように、今だけを求めてしまう。

遠くを見る。ずっと遠くに思いを馳《は》せる。

今を見てみないふりをして。

私は言った。

「燈子。まだ先の話になるけれど……文化祭、一緒に回らない？」

夏を過ぎて、秋が色を深めて。

一旦始まってしまえば、生徒会としての仕事は特にない。

少なくとも今年は展示物も、出し物もないので一切、拘束されることはなかった。

そのことを七海燈子はどう思っているのか、表面上からは読み取れない。

高校一年目の文化祭だった。

歩き慣れている校舎内も、飾り付けや外部者の姿があると印象を随分と変えるものだった。賑《にぎ》やかな手作りの装飾を眺めていると、季節を先取りしたクリスマスを連想する。出し物の客引きと、多くの揃《そろ》わない足音が騒々しく廊下を行き来する。

「いつもこんなに生徒いたかな」

「ほんと。どこに隠れていたんだろう」

一年生の教室の前を上級生も通っていくためか、人の流れが太い。

中には男女のペアで巡っている生徒もいて、つい一瞥《いちべつ》してしまう。

「物珍しそうだね」

燈子が指摘してくる。そんなにキョロキョロとしていたのか、とやや恥じる。

「中学はもっと慎《つつ》ましいのだったから」

それぞれの教室で、大して面白みのない展示企画を並べるくらいだ。あと体育館で少し古い映画を上映していた。薄暗くて、埃《ほこり》っぽく、蒸し暑い。覗《のぞ》いてそんな空気を感じて、すぐに離れた。正直、退屈な時間だったことが印象の大半を占める。

それと比較すれば、高校のそれは本当にお祭りめいていた。

スタンプラリーのカードを持った生徒とちらほらすれ違う。燈子も気になっているみたいで、目がそちらに動いていた。その目が私とかち合い、そして窺《うかが》う。

「やってみる？」

「うーん……」

燈子と一緒に校内を巡るのも楽しそうではあるけれど。

迷いながら歩いていると、燈子が廊下の端に寄る。

「あ、芹澤だ」

窓を覗《のぞ》いて、並んだ屋台の一角を指す。グラウンドの脇に建った屋台の看板には、バスケットボールとたこ焼きと商品名が狭苦しく描かれている。

「バスケ焼き」

どこが？　と首を捻《ひね》る。舟に乗るたこ焼きはどう見ても標準のサイズだ。

「誇大広告ね」

屋台の焼き番担当は男女一人ずつで、どちらも見覚えがある。

告白していた女子と、された男子。

周囲に隠す気があるのかないのか、仲睦《むつ》まじそうに会話しながら、頬を淡く染めている。

「ああいうの、青春してるってやつ？」

燈子が指差して私に尋ねてくる。聞かれても困るのだった。

「まぁ楽しそうなのは間違いないわね」

入学してから一ヶ月にも満たない頃に告白して、今も関係は続いているらしい。気の迷いじゃなくて、ちゃんと惹《ひ》かれ合うものがあったのだろう。やっぱり、時間がすべてじゃない。

楽しげな様子を遠くに見ながら、窓際から離れる。そのまま少し歩いていると、知った顔の呼び込みに声をかけられた。

「あ、そこのお二人さんどう？」

愛果が教室の前に立っていた。制服姿で、看板を肩にかけるように構えている。

「なにしてるのよ」

「見ての通りの呼び込みだよ」

「あなた帰宅部でしょう？」

クラスの出し物とは無縁の教室にいるようだし。

「みどりの手伝い」

愛果に促されて教室を覗《のぞ》くと、エプロンを着けたみどりが暇そうに突っ立っていた。

「英会話クラブ主催の、ＡＢＣクッキーが食べられる喫茶店」

「安易な……」

「ぶっちゃけそれ以外は普通の喫茶店と変わらないよ。あ、それと外人のお客様が来ても英会話で対応できるから安心って書いてある」

ここに、と看板を指す。Heloo と大きく印刷されていた。

日頃の活動の成果が伺える。

私は無理だよ、と愛果は笑顔で手を横に振るのだった。

友達の顔を立てる意味で入店してみる。

出迎えたみどりが、「やっと愛果がお客を捕まえてきた」と笑った。

みどり曰《いわ》く、窓際の特等席にご案内される。注文したコーヒーとクッキーはすぐに出てくる。

やってくるコーヒーの香りを嗅ぐと、生徒会室と同じものだって思った。

「ねぇこれ、ひらがなの『こ』に見えるんだけど」

アルファベットのクッキーの中に、明らかにひらがなを描くそれが混じっている。

「ああそれ、私が作ったやつ」

みどりがテーブルを覗《のぞ》いて解説してくる。

「元々はＫだったんだけど割れちゃった。残ったＩも混じってるんじゃないかな」

難しいんだよね、と口と目もとが渋く、細長く結ばれる。

「次があるならもっと練習しないとなー」

「クッキーの練習って……英会話の方は上達したの？」

「うちそういう部じゃないから」

あははは、とみどりが快活に笑い飛ばす。……どういう部なのだろう？

「ねぇ沙弥香、そっちにYはない？」

クッキーを指で選別しながら、燈子が聞いてくる。

「あるけど」

「ちょっと貸して」

「いいけど……」

燈子の要求に応えてYのクッキーを渡す。燈子はそれを、別のアルファベットの隙間に置く。

「できた」

燈子が並べたそれを私に見せびらかす。出来上がったのは『SAYAKA』だった。

「Aが偏ってたから出来るかなと思って」

「……あは、は」

その子供じみた遊びと、数ある組み合わせから私の名前を選んでくれたこと。

どちらもつい、笑い声が押さえきれなかった。

「じゃあ、私も……」

お返しにとクッキーを並べていく。Tを最初に置いて、燈子もすぐになにか分かっただろう。

次の文字もすぐに見つかって、けれどこちらはKが割れている。

「ねぇ、Kは余ってない？」

「うーんと……ない」

「あらら……」

結果、『TOUIO』が限界となる。

「誰これ」

「……とぅいお」

「だから誰っ」

燈子が目を剝《む》いて、大げさに反応する。そうして、二人で軽く笑う。

下らないけれど、なかなか楽しかった。

喫茶店を出た後は、また校内を燈子と一緒に巡る。燈子には既にたくさんの顔馴染《なじ》みがいて、すれ違う度に挨拶や会話が始まるので歩みは遅くなる。結果としてゆっくりと校内を歩き回ることになり、スタンプラリーもついでにやってしまえばよかったなと思った。来年はやってみようか。

それから歩き疲れたので、少し休むことにした。

「座れそうな場所ある？」

暇そうな喫茶店にまた入るのもやや抵抗があった。友達とはいえ無料ではない。

「座れそうな……あ、いいとこ知ってるよ」

燈子が校舎を出ていく。そしてそこより歩き出す方向から、どこを目指しているのか察した。

「ああ、あそこね」

今ではもう道に迷うこともなく行ける。でも、燈子の背中に黙って導かれた。

燈子が案内したのは生徒会室の裏手のベンチだった。

いつも人気は縁遠いけど、今日は更に少ない。虫の鳴き声の方が人の息より活発だ。

「ちょっとゆっくりしたかったから丁度いいや」

燈子がベンチの背もたれに寄りかかり、伸びをする。ここに二人で座るのもすっかり馴染《なじ》んできていた。鞄《かばん》二つあった間も、今は少し詰めて。少し手を伸ばせば、届きそうで。

でも私は決して、燈子に伸ばそうとはしない。

今は、まだ。

「来年は」

私がなにかを言おうとする。でも、続きを言いかけながら忘れてしまう。

「良い後輩が入ってくるといいわね」

「うん」

燈子の思い描く良い後輩とは、どんな子だろう。

私としては、働き者の子であってくれたらいい。

それから、来年は、の続きに本当はなにを言いたかったのだろうと少し考える。

来年は、がんばろう。違う、今からがんばらないといけない。

来年は、もっと素直に。

素直に、なんだろう。

すぐ近くに答えがあるようで、でも頭の隅っこに留まったままひっくり返ることもなく。

少し、もどかしい。

緩慢な時間が流れて、ともすれば眠気さえ招きそうな、程良い気温に包まれる。

言葉少ない空間で微睡《まどろ》むように休み、それから電話で時刻を確認する。

「午後からは体育館で吹奏楽部が演奏するみたいよ」

校舎を離れる前に見かけたポスターの内容を復唱する。丁度、良い時間になっていた。

「行ってみる？」

今年は私たちが立つことのなかった壇上だけど、だからこそ。

「うん」

燈子が立ち上がる。すぐに動かないで、目を細めるように遠くを見据える。

「来年は、遠いな……」

その燈子の独り言は、聞こえなかったことにして歩き出した。

森の端から喧噪《けんそう》の中心を横切るように通過してやってきた体育館。用意された椅子はそこそこ埋まっていた。真ん中からやや後ろの席に、燈子と並んで座る。

光は壇上へと集い、観客席は薄暗くなっている。

やがて幕が上がり、演奏が始まる。

音楽の良し悪《あ》しを語れるほど耳が肥えてはいないけれど、音が重なると迫力はある。それと、合唱部での活動を思い出す。最近は振り返っても、そこまで苦みを感じない。

黙って演奏を聴いていた燈子が、決意と、祈りのように。

「来年は、私たちも」

「……ええ」

あの舞台の上に立ってなにを演じて、なにを見ているのだろう。

燈子を見る。燈子は真《ま》っ直《す》ぐ、壇上を見据えていた。その目には亡くなったお姉さんが見えているのかもしれない。燈子はその輪郭に自分を重ねようとしている。合うはずもない鍵穴に鍵を差し込むように、歪《いびつ》な出口を探して、迷わない。

燈子にそこまで慕われる姉の存在に、少し、妬《や》きそうになる。

それほど強く燈子に想《おも》われることがいつか、私にもあるなんてとても思えない。

吹奏楽部の演奏の流れが変わる。激しい打楽器の演奏が休まり、木管楽器主体に移る。ライトアップもそれに応じるように強い光から淡く、薄暗いものへと変わっていく。

その明暗の切り替わりの中、なにも摑《つか》むことなく所在なげにしている燈子の手を見下ろす。

燈子は、好きという言葉で姉に縛られている。

周りの期待も含めて、好きな人のためになにかしなくてはいけないと思い込んでいる。

それは想《おも》いの強さは異なっていても、いつかの私と同じだ。


「…………………………」


人は思い念じて行動すれば、別の人間にさえなれてしまうのだろうか。

私には兄姉がいない。だからはっきりとしたことは言えないけれど、姉妹というのは似ているものだと思う。同じような環境の中で、同じ親に育てられたらたくさんの共通するものが出来上がる。それでも細かい好みに顔つき、嗜好《しこう》、性格は完全に一致することはない。

血も含めてすべてが似通った場所から始まったものだとしても、だ。

だからいくら自分を削って整えても他人に成り代わるなんて、不可能に思える。

中学生の、あの頃。

恋をして変化していった私は、まるで別人のように思えた。溶けるような速さで自分を失って、別の生き物になっていく気がした。それでもその失敗も気持ちも怒りも切なさも失望もやるせなさも、全部、今の私に繫《つな》がっている。私だ。私なんだ。私が選んで、私が望んで、今の私がいる。そんな体験をしてきたからこそ、燈子の願いが叶《かな》わないのを知っている。

人は生まれたからには一生、自分でしかない。

そして私たちが唯一完全に演じられるのは、生まれ持つ自分だけなのだ。

誰かの代わりは、いくら真似《まね》てもその出来の不完全さに次第に失望していく。

燈子は永遠に、姉となった自分に満足できないだろう。

だから。

そう、だから。


「…………………………」


そうやって。

燈子に伝えれば、なにかが変わったのだろうか。

思考が駆ける。線を描くように私の頭を次々に埋めていく。たくさんの意見と言葉が球体を作り上げて心を包む。その奔流を、隣にいる燈子にぶつけたい。本音を晒《さら》して、燈子の心の奥底と繋《つな》がりたい。今も孤独に寂しくしゃがんでいる、燈子の心に手を差し伸べたい。

でも私はその考えを全部、閉じ込めてしまう。決して表に出さないよう、唇を結ぶ。

だって、燈子がそんな変化を求めていないことを分かっていたからだ。

木管楽器の緩急を利かせた演奏から、次の音楽へとバトンが渡される。段々とぼうっとしてきて音楽の流れが追えなくなっていく。舞台に向けての照明がいつしか、私の心に向けて動いているように錯覚する。

私は。

燈子に拒絶されて、隣にいられなくなるのが怖い。

七海燈子のことがどうしようもなく好きだ。彼女の強さも、弱さも。

たとえ弱さ汚さ卑劣さ劣等感嫉妬トラウマ本音建前嫌悪憎悪卑屈自己否定偏愛性癖敵意悪意その他多数の後ろ暗いものの数々すべてを見ても、一層、好きになったって言える自信がある。

そんな燈子が望んでいるのは、良き友人。

お互いの深い事情には決して踏み込まない距離感を心得た人付き合い。

それが私の、今の燈子に近づける限界だった。

その限界に迫った距離を捨てたくない。

燈子の側にいたかった。いられる今の自分を、今の燈子を、変えたくなかった。

だから。

そう、だから。

私は燈子と交わらない。

平行線として、どこまでも付き添う。

走る線に終わりはない。進む限り、どこまでも続いていく。

共に走る線と絶対に、距離を違えることなく。

そうして側にいれば、いつか。いつか、燈子が変わった時を感じて、動ける。

そのいつかが訪れるための経過を、時間か誰かに委ねてただ待つ。

卑怯《ひきょう》にもそんな瞬間を待ち続ける。

燈子がそれを望んでいることを、言い訳にして。

だから私はなにも言わない。正解を飲みこんで、間違っている方を選ぶ。

それが、私の選択。

燈子の隣にいるために選んだ、いつかに繋《つな》がる、私の答え。

その時、その道を選んだことを、私は決して忘れない。

忘れてはいけないのだった。


学校の桜というものは、四月が始まる頃には散り始めている。

暖かい風に煽《あお》られた花びらが、視界の端に時折映る。その春の香りが、思い出を揺さぶる。

二年続けて同じクラスだったことを密《ひそ》かに喜んだ、あの日のことを。

高校生活最後の一年の始まり。

私たちは並んで、貼り出されたクラス表を見上げていた。

他のたくさんの生徒たちの歓声、或《あ》るいは悲嘆の中で、私と燈子は柱のように立ち尽くす。

「見つけた?」

「ええ」

私は3組を指差す。少し遅れて、「ほんとだ」と燈子が小さく上を向く。

燈子の名前は私よりずっと早く見つかっていた。

私が3組で、燈子は1組。

間に薄い線が引かれているように錯覚する。

指を下ろして、燈子はこちらを向いて。

少しだけ、困ったように笑いながら言う。

「ずっと一緒にはなれなかったね」

「ええ」

返事は半ば自動的だった。浮かべた当たり障りのない笑顔も、別の誰かがあらかじめ用意していたように自然に飾られる。自分を他人事《ひとごと》に感じて、柚木先輩との別れのときみたいで。

ああ、これじゃいけないなって思う。

逃避してしまっている自分を律して、意識を前へ、前へと集わせる。

「燈子」

呼べるまで少し苦労して、いつからか当たり前になっていた名前を口にする。

燈子は、私の言葉をじっと待っている。

周囲の喧噪《けんそう》は耳の裏に当たるようにずれて、頭の中には入ってこない。

「ちょっと離れただけよ」

口をついて出た小さな強がりに、燈子が息を吸うように間を取って、微笑《ほほえ》む。

「そうだね」

少し距離を開けただけで散ってしまうほど、燈子との関係は儚《はかな》くない。

私が燈子との間に築き上げたものは、変わらない。

その形が私の理想でなかったとしても。

「燈子」

もう一度、名前を呼ぶ。それから、目線で教える。

燈子の背中のずっと向こうに、あの子がいるのを。

目の動きを追って振り向いた燈子が、私がなにを指したか察したようだった。燈子の肩がそちらへと向いて、向かおうとして、髪を引かれるように私を気にする素振りを見せる。

そこで少し気にかけて貰《もら》えただけで十分、と笑う。

今浮かべている表情は、春の穏やかな空気に相応《ふさわ》しいものだと思う。

燈子もそれを、正面から受け止めてくれる。

「行ってくる」

燈子が告げて、あの子の元へと歩き出す。

それに返しかけて、いいえと飲みこむ。

行ってらっしゃいは、帰ってくる人に言うべき挨拶だ。
背中を撫《な》でるように、風が勢いをつけて駆け抜けていく。
桜の花びらと共に、燈子の背中が離れていく。
いつからまた、背中ばかり見ているようになったのだろう？
追いつこう、並んでいようとそれだけで過ぎてきた二年間だった。
結果、私と燈子は隣同士でなくなって、少しだけ距離が離れた。
そう、少しだけ。
その少しの差が、私に燈子の後ろ姿を見送らせる。
迷い、後悔、喪失……心から掬《すく》い上《あ》げても、前向きなものはなかなか見つからない。
私は、間違えたのだろうか？
永遠の平行線を描いていれば、燈子の隣にずっといられたのだろうか？
……答えは、いいえ。
小糸さんと出会ったことで、燈子は交差点に立つことができた。
自分に交わろうとする他人を、受け入れることができるようになった。
平行線として寄り添う私の出番は、その時に失われたのだ。
だから、その変化を促したのが自分ではないと理解しながらも、私は願った。
これからも、燈子と共に歩いていきたいと。

結果としてそれは叶《かな》わなかった。
それでも、私も燈子と一瞬だけでも、交差できたのだと思いたい。
たとえそこから、道を違えていくとしても。
差し込む春の陽気と桜の花びらが合わさって、暖かいものが頬に触れてくる。
燈子の隣に立つ女生徒の顔は滲《にじ》むような光に覆われて、すぐには見えてこなかった。

高校生になって、今度こそ失敗しないようにと決めていた。
どうして失敗したかを知っているなら、次はもうそんなことにならないと思っていた。
人を好きになるということを、全部分かった気になっていた。

私が本当にそれを知ったのは、『彼女』と出会ってからだった。

空の彼方みたいに

Bloom Into You:
Regarding Saeki Sayaka

細めていた目を開くような感覚と共に、散漫になっていた意識が顔の前へ集う。

ベンチに手をついて、無意識に見上げていた青空は先程から少し様変わりしていた。厚ぼったい雲が遠くから流れてきて、太陽を一時的に隠そうとしている。蓋をするように消えていく間際に放たれた光が、肩を暖かく濡《ぬ》らした。

春は、無防備に周りのものを受け入れやすい。だから過ごしやすいのかもしれない。

大学での講義の合間のことだった。一緒に講義を取っている友人と別れて、少しの間、一人の時間を作る。講義棟の裏手に用意されたベンチには人影がなく、代わりに壁からの影が伸びてくる。そこに加えた景色、程良い木の匂いと木漏れ日は、生徒会室に通じる道を想起させる。

だからだろうか、手放しに、ぼうっと思い出を広げたのは。

太陽が一時、雲隠れして空への遮りが失われる。そうして、また見上げる。

高校生という時間から、遠くの空を見つめるくらいには距離を経ていた。

あの頃、周りにあったものは今、側にない。

生徒会室の空気を懐かしみながら、深呼吸する。

高校生になったときも、こんな風に中学校のことを思い返していた。

次は大学生になって、高校のことを振り返る。

その繰り返しで私は進んでいる。

今度は、後悔はない。

あるけれど。

もちろん、あるけれど。

ないってそこまで無理しないで強がれるくらいには、悪いものじゃなかった。

満足だ。

雲は留まることなく前へ進んで、太陽を置き去りにする。急に来た直射日光に、目を瞑《つぶ》るように視線を下ろす。その先には足が見えた。急だったので、少しびっくりする。

足から上と下、目をどちらに向けていくか一瞬迷う。普通、上だ。顔を上げていくと、その服装と体つきから相手が女の子であると知る。

いつの間にか、講義棟の壁に寄りかかるように女の子が立っていた。

ベンチから数歩の距離にいる女の子は、目尻に涙を浮かべていた。すすった鼻の先と目もとが赤い。季節柄の花粉症というわけでもないみたいだ。悲嘆の涙という様子だった。

こんなに暖かいのに、と変な感想を覚える。

でも春には涙があまり似合わないような気がする。

「くそー……あぇ？」

そんなことを考えていると、泣いている女の子がようやく、私に気づく。

涙が順番待ちして潤んだ瞳が私を捉えて、ぎょっとして、恥じるように目もとを拭う。人と会うことも少ない場所に、こんな複雑そうな子が来るなんて……いや、人気が少ないから、こんなところに来たのか。そういう事情は察する。

とはいえ、反応に窮する。女の子もそうした空気は感じているらしく、気まずそうだ。

「ごめんなさい」

謝られてしまう。それほどの案件ではないのだけど。

お互いのたまたまが、少し気まずくくっついただけだ。

「こっちこそ。えぇと」

続きどうぞ、と言うわけにもいかない。鞄《かばん》を取り、ベンチから立つ。

「あ」

女の子がなにか言いかけるのを待たないで、軽く頭を下げて去る。泣いている人と、日向《ひな》ぼっこしている人なら前者の方が余裕はないだろう。ある方が譲るべきだ。

まだ時間はあるけれど、次の講義の教室に向かうことにした。

講義棟の間の、階段や別の門へ続く分岐路の多い道を行く。選択の多い道は、子供の頃に通っていた細い路地裏を思い出す。水泳教室に遅刻しそうになったとき、たまに通ったのだ。

通り抜けてから、振り返る。まだあの場所で泣いているのだろうか。

私は、最後に泣いたのがいつなのか今でもよく思い出せた。

それからは泣いていないのだとしたら、悪くないと思う。

講義棟一階の教室に入ってから、友人たちに連絡を取ると今日は自主休講だと可愛《かわい》らしいスタンプつきで報告してくる。大学生ともなるとサボりにも格好のつく言葉を選ぶ。

私は今のところ、取った講義はすべて受けている。抜け出すほどに優先するものもない。

友人たちは、なにを見つけたのだろう。

そのまま一人で座って、講義が始まるのを待っていると。

「あ」

思わず、小さく声が漏れる。

泣いていた女の子が教室の入り口にいた。視線を受けてか、向こうもこちらを見て固まる。後ろからやってきた学生たちが、立ち止まった女の子の左右をすり抜けて怪訝《けげん》そうな目を向ける。女の子は立ち止まっていると迷惑がかかると思ってか、右に左にとふらふらさまよう。

どちらへどういう目的を持って進むか悩んでいるらしい。驚かされた犬が慌てる様に少し似ていた。その様子と、女の子の姿を改めて眺める。身体《からだ》に合わせて動き回る鮮やかな髪、手足の動かし方にはっきりとしたもの、活発さがあって、小柄な身体《からだ》に元気が溢《あふ》れているのが伝わる。つまり、犬っぽいという第一印象は適切だったと思う。

これまでの友人たちとは大分趣の違う子のようだ。

迷っていた女の子が、こちらにやってくる。講義生のための長机を挟んで、話しかけてきた。声にはもう、涙が混じっていない。

「隣、いい？」

「どうぞ……」

友人たちが座る予定もない。女の子が一席間を取って、横に座る。

妙なことになってきた感じがある。

「さっきは……」

女の子が俯《うつむ》き、机を見つめたまま言《い》い淀《よど》む。私はその続きを待つ、なにか言いづらいから。

「ありがとう」

またごめんなさいと言うかで迷っていたみたいだった。女の子が、横目で私の様子を窺《うかが》う。涙を流した痕跡が傍《はた》から見ていてすぐ分かるほどには色濃い。

「気にしないで」

正直、なにもしていないから。

「いやする……」

女の子が目もとを押さえながら大きく息を吐く。確かに、泣く姿を人に見られたら私だって気にする。相手に忘れて欲しいと思う。人は弱い部分を晒《さら》すと不安になってしまうものだった。弱さが周りに嫌われるかもしれないって、思ってしまうから。

思考の中でふと、燈子のことを想《おも》う。

燈子は私に本当の弱さを打ち明けてくれることはなかった。

それが今でも少し、寂しい。

女の子は席を立つか迷っていたみたいだけど、講師がやってきたのでそのまま講義を受けることにしたらしい。鞄《かばん》を置き直して、筆記用具を用意する。それから、時折こちらを覗《のぞ》く。それが分かるということは、私も女の子を見ているということである。

どうして泣いていたのかは気になるけれど、そこまで踏み込める距離感ではない。

「…………」

高校時代の友人、愛果とみどりを思い出す。

彼女たちだったら、すぐにでも涙の理由を共有できただろう。

速かったり、浅かったり。深かったり、慎重になったり。人間関係の一歩目は、難しい。

「入ったばっかで泣くはめになるとは思わなかったなぁ」

女の子の独り言めいた泣き言を聞き取って、おや、となった。

「一年生？」

想定していなかった情報につい横で反応する。女の子の方も、あれっという態度を半開きの口で示す。目の動きで、そっちは？　と確認を取られている。

「二年」

「先輩、でしたか」

急にぎこちなく畏《かしこ》まってくる。慣れていないのがすぐに分かって少しおかしい。

「気にしないで。普通に喋《しゃべ》ってくれていいわ」

不慣れな相手に無理をさせても、息苦しくなるだけだ。

「いいのかな」

「いいんじゃない？」

先輩らしく振る舞える自信もないし。

「じゃあ、遠慮なく」

「ええ。でも講義が始まるから」

そっちの遠慮はしてね、とやんわり告げる。今のは先輩っぽさがあったかもしれない。

女の子は声が空回りしたように、口を開けたけれどなにも言ってこなかった。

前に向きながら、それにしても一年生、と内心で呟《つぶや》く。

また後輩ができるくらい時間が経《た》ったんだ、と思った。


それから講義が終わって、さて、という雰囲気になる。

私も女の子もすぐに教室を去ろうとはしない。なにか荷物が残っているような、微妙に引きずるものが既に生まれていた。ここは、先輩でなくとも年長者である私から動くべきだろうか。

電話をどちらから切るかに少し似た葛藤を経て、席を立つ。

それを見た女の子も合わせるように立ち上がった。

「急になに言ってんの系の話なのだけど」

「え？　はい」

「あの後、ベンチの横であなたのことをああどうしよどうしようって慌てて考えていたら、涙が自然に引っ込んじゃった」

ははは、と女の子が目を逸《そ》らす。でもずっとは逃げないで、私に向く。

「そのことへの、さっきのありがとう」

「……そう」

意識してなにもしていないのにお礼を言われても、不思議と悪い気はしない。

女の子の明るい声や、人柄によるものだろうか。

これで伝えることは全部かなと思っていたら。

「あのさ、これから一緒にお昼ご飯でもどうです？」

女の子は先輩に対する態度を中途半端に混ぜながら、私を見上げてくる。向き合うと、私との間にそこそこ目線の差があった。いつもは友人と一緒に行くのだけど、今日は予定もない。

ここにいるのは、この女の子だけだ。

「いいわよ」

私は少し考えてから承諾する。女の子がぱっと、花開くように笑う。

涙はどこへ行ったのか、目尻や口の端に柔らかさが宿る。春の装いだった。

「よろしく、先輩」

女の子が冗談めいた軽口と共に、隣に並ぶ。

「先輩ね……」

その響きについ笑い声が漏れる。

女の子は私の反応に小さく首を傾《かし》げる。

「なんでもない」

忘れられるはずもない後輩のことを、ちょっと思い出しただけだ。

思い出すと言っても、ちょくちょく会ってはいるのだけど。

燈子より会う頻度高いかも、会いやすいし。それは距離だけでなく、心の面でも。

燈子は素晴らしい友人で、会えば話が弾んで、笑顔になれて。

だけどまだやっぱり、思うところはある。もしかするとそれは、一生残るものかもしれない。

傷にも似たものは時間によって縫合されながら、跡を完全に消し去ることはできなくて。

でもやっぱり、その痛みを含めて後悔はないのだった。

痛みは、あの時に感じていた強い気持ちを思い出させてくれるから。

色褪《いろあ》せて忘れてしまうよりは、ずっといい。

「あ、そうだ。名前は？」

講義棟を出る前に、女の子が尋ねてくる。

思い浮かぶ自分の名前は、いつからかすべてしっかり漢字になっている。

名字も、名前も。どちらも呼ばれて、どちらの声も私は好きで。

大切にしたい名前だった。

「佐伯沙弥香」

講義棟の外はまたきっと、晴れ晴れとしているだろう。

あまりに見渡せて、遠くの空に思いを馳《は》せたくなるくらいに。

大学生になっても、その先でも。私はまた失敗するのかもしれない。

それでも人を好きになるということを、もっと知ってみたい。

巡り会ってみたい。

私が心からそう思えるのは、彼女たちに出会えたからだった。

あとがき

そんなこんなでノベライズ二巻目ということでした。

今年最初……は同時発売しているからどっちがそうであるかは分からないのですが、じゃあ一緒でいいか、いいなみたいな感じでございます。ついでに新元号になってから最初の本となりました。こんにちは、入間人間《いるまひとま》です。

原作のイメージを損なわないようがんばったと思いたいのですが、そうでもないかもしれません。違う感じがしましたらすみません。基本的に漫画本編を読んでいること前提で書いていますので、原作の展開のネタバレがかなりあったりします。ネタバレどころかその先まで触れています。先にできれば漫画を読んでからという流れだといいのではないでしょうか。

まぁ多分原作の方を読まないで手に取る方はいないと思いますが……しかも二巻だし。

そういうわけでした。お買い上げ頂き、ありがとうございました。

入間人間

こんにちは、原作の仲谷鳰です。私は一人称視点の小説が好きです。漫画だと絵で表現する都合上、基本どうしても三人称視点が中心になるので、全編通して個人の視点で描ける小説にはどこか憧れのような気持ちがあります（全コマ一人称カメラの漫画も描いてみたことはあるけど、やはり特殊なので）。書かれた全てが沙弥香の見たもの、沙弥香の思考って、すごく贅沢な本だ……と思うのでした。第2巻もありがとうございました。

仲谷 鳰

小学生の時に出会ったあの子。
中学生の時に出会った柚木先輩。
高校生の時に出会った七海燈子。
そして――。

◉入間人間著作リスト

嘘つきみーくんと壊れたまーちゃん1〜11、i（電撃文庫）

電波女と青春男①〜⑧、SF版（同）

多摩子さんと黄鶏くん（同）

トカゲの王I〜V（同）

クロクロクロック シリーズ全3巻（同）

安達としまむら1〜8（同）

強くないままニューゲーム1、2（同）

ふわふわさんがふる（同）

虹色エイリアン（同）

おともだちロボ チヨコ（同）

美少女とは、斬る事と見つけたり（同）
いもーとらいふ〈上・下〉（同）
世界の終わりの庭で（同）
やがて君になる　佐伯沙弥香について(1)、(2)（同）
探偵・花咲太郎は閃かない（メディアワークス文庫）
探偵・花咲太郎は覆さない（同）
六百六十円の事情（同）
バカが全裸でやってくる1、2（同）
19　—ナインティーン—（同）
僕の小規模な奇跡（同）
僕の小規模な自殺（同）
昨日は彼女も恋してた（同）
明日も彼女は恋をする（同）
時間のおとしもの（同）

瞳のさがしもの（同）
彼女を好きになる12の方法（同）
たったひとつの、ねがい。（同）
エウロパの底から（同）
砂漠のボーイズライフ（同）
神のゴミ箱（同）
ぼっちーズ（同）
デッドエンド　死に戻りの剣客（同）
少女妄想中。（同）
きっと彼女は神様なんかじゃない（同）
もうひとつの命（同）
もうひとりの魔女（同）
僕の小規模な奇跡（単行本　アスキー・メディアワークス）
ぼっちーズ（同）

本書に対するご意見、ご感想をお寄せください。

電撃文庫公式ホームページ 読者アンケートフォーム
https://dengekibunko.jp/
※メニューの「読者アンケート」よりお進みください。

ファンレターあて先
〒 102-8177　東京都千代田区富士見 2-13-3
電撃文庫編集部
「入間人間先生」係
「仲谷　鳰先生」係

本書は書き下ろしです。

電撃文庫

やがて君《きみ》になる 佐伯沙弥香《さえきさやか》について(2)

入間人間《いるまひとま》

2019年5月10日　初版発行
2025年5月10日　8版発行

発行者　山下直久
発行　株式会社KADOKAWA
〒102-8177　東京都千代田区富士見2-13-3
0570-002-301（ナビダイヤル）
装丁者　荻窪裕司（META＋MANIERA）
印刷　株式会社KADOKAWA
製本　株式会社KADOKAWA

●お問い合わせ
https://www.kadokawa.co.jp/（「お問い合わせ」へお進みください）
※内容によっては、お答えできない場合があります。
※サポートは日本国内のみとさせていただきます。
※ Japanese text only

※定価はカバーに表示してあります。

ISBN978-4-04-912518-4　C0193　Printed in Japan

電撃文庫　https://dengekibunko.jp/

電撃文庫創刊に際して

文庫は、我が国にとどまらず、世界の書籍の流れのなかで〝小さな巨人〟としての地位を築いてきた。古今東西の名著を、廉価で手に入りやすい形で提供してきたからこそ、人は文庫を自分の師として、また青春の想い出として、語りついできたのである。

その源を、文化的にはドイツのレクラム文庫に求めるにせよ、規模の上でイギリスのペンギンブックスに求めるにせよ、いま文庫は知識人の層の多様化に従って、ますますその意義を大きくしていると言ってよい。

文庫出版の意味するものは、激動の現代のみならず将来にわたって、大きくなることはあっても、小さくなることはないだろう。

「電撃文庫」は、そのように多様化した対象に応え、歴史に耐えうる作品を収録するのはもちろん、新しい世紀を迎えるにあたって、既成の枠をこえる新鮮で強烈なアイ・オープナーたりたい。

その特異さ故に、この存在は、かつて文庫がはじめて出版世界に登場したときと、同じ戸惑いを読書人に与えるかもしれない。

しかし、〈Changing Times,Changing Publishing〉時代は変わって、出版も変わる。時を重ねるなかで、精神の糧として、心の一隅を占めるものとして、次なる文化の担い手の若者たちに確かな評価を得られると信じて、ここに「電撃文庫」を出版する。

1993年6月10日
角川歴彦

電撃文庫DIGEST　5月の新刊

発売日2019年5月10日

新作
東京×異世界戦争
自衛隊、異界生物を迎撃せよ

【著】鷲宮だいじん　【イラスト】daito

東京·有明に突如出現した大空洞。そこから現れた異形の怪物が都内に侵攻したとき、自衛隊は戦後初の"有事"を迎える。これは圧倒的リアリティで描かれる異世界との戦い——今起こるかもしれない危機に、備えろ。

俺を好きなのはお前だけかよ⑪

【著】駱駝　【イラスト】ブリキ

脅威のラブコメ主人公である、あの男が再び西木蔦高校に現れやがった!　平和だったはずの『繚乱祭』で容赦なく吹き荒れる嵐。まぁ、流石に俺は面倒事はこりごり——って、パンジー……その謎の決めポーズで何を企んでいる!?

魔王学院の不適合者4〈下〉
～史上最強の魔王の始祖、転生して子孫たちの学校へ通う～

【著】秋　【イラスト】しずまよしのり

「偽りの魔王」の伝承によって生まれた大精霊アヴォス。かつての居城デルゾゲードも、二千年前の配下も奪われたアノスは、すべてを取り戻す戦いに挑む——!!　Webでも大反響を得たシリーズ最大のエピソード!

七つの魔剣が支配するIII

【著】宇野朴人　【イラスト】ミユキルリア

オフィーリアが魔に呑まれ、ピートがその使い魔に攫われた。迷宮の深みに潜む魔女を相手に、自分たちに何が出来るのか?　苦悩するオリバーらに、ある人物が取引を持ちかける。果たして彼らは、友人を取り返せるのか——。

絶対ナル孤独者5
—液化者 The Liquidizer—

【著】川原 礫　【イラスト】シメジ

《刺撃者》を退け、《凝固者》を捕獲したミノルの前に、《組織》の重要人物、《液化者》が姿を現す。「トランサーを救出したい。彼が殺されてしまう前に」《凝結者》の情報と引き換えに、彼女が持ちかけた取引とは?

ブギーポップ·オールマイティ
ディジーがリジーを想うとき

【著】上遠野浩平　【イラスト】緒方剛志

"それなら、ぼくが君を殺してあげようか"スプーキーEの死を探る合成人間ポリモーグは、彼の傀儡だった少女·織機綺に出会う。そこに忍びよるのは「イマジネーター」の残響で……死にきれぬ記憶が、街を襲う。

安達としまむら8

【著】入間人間　【イラスト】のん

高校二年生の十月は修学旅行の季節らしい。となると班決めがあって、席を素早く立つ安達の姿が目に飛び込んで来る。「班は、一緒で」「うん」当然そうなるのだ。意識して準備する物もないし、出たとこ勝負でいいかな。

やがて君になる 佐伯沙弥香について(2)

【著】入間人間　【イラスト】仲谷 鳰

もう人を好きになるなんてやめてしまおう。中学時代に経験した失恋から、そう心に決めていたはずなのに。わたしが人を好きになるということを本当に知ったのは、『彼女』と出会ってからだった。——高校生になった沙弥香の恋は……。

三角の距離は限りないゼロ3

【著】岬 鷺宮　【イラスト】Hiten

「秋玻」と恋に落ちた僕は、けれどもう一人の彼女「春珂」に告白された。文化祭の季節を前にして、真っ直ぐな二人の想いに困惑する僕に、過去を知る彼女は残酷に、告げる——。今一番愛しく切ない、三角関係恋物語。

悪魔の孤独と水銀糖の少女II

【著】紅玉いづき　【イラスト】赤岸K

孤独の悪魔を背負う男ヨクサルは、死霊術師の孫娘シュガーリアとともに、逃亡の日々にあった。帝国の追っ手が迫る中、ヨクサルは自分の罪と過去に直面する。その時シュガーリアが知るのは、初めての恋の激情だった。